— 書き下ろし長編官能小説 —

汁だくスーパー銭湯

上原 稜

竹書房ラブロマン文庫

目次

この作品は、竹書房ラブロマン文庫のために
書き下ろされたものです。

第一章　『百花』の秘密〜女社長・真澄

十一月下旬。吹き付ける風に首をすくめながら、葉室健児《はむろけんじ》は自転車で大学を出ると、バイト先に向かった。

バイト先は町の中心地にある、大きなビル。

ビルには『女性専用のスーパー銭湯　百花《もものはな》』という看板がかかっている。

「おはようございますっ！」

バイト仲間の人たちに挨拶しつつ、更衣室で作業着に着替え、一階のフロアに集まる。

『百花』には健児を含《ふく》め、二十人近い従業員が働いていた。

健児以外は全員女性で、年齢は二十代から六十代と幅広い。

フロアに鮮やかな黄色に紫色の花びらを散らした着物姿に、髪を綺麗《きれい》にまとめた女性が姿を見せる。

彼女の姿に健児は唇を緩《ゆる》めてしまう。

清水麻子《しみずあさこ》。『百花』の経営者であり、健児とは子どもの頃からの付き合いがある、幼馴染のお姉さんである。健児にバイトを紹介してくれたのも麻子だ。

「今日もお客様に満足して頂けるよう、しっかりと清掃をよろしくお願いします」

麻子の言葉で、健児たちは足早に自分の担当部署へ散っていく。

健児も浴槽掃除に向かおうとしたが、「健児。こっち」と、麻子に呼ばれた。

「はいっ」

ちらりと見える麻子の左の薬指で光る指輪に、胸の痛みを覚える。

「大学の方はどう？」

健児は辺りを見回し、他の従業員に聞こえないよう声を潜めた。

二人の関係は、周りの従業員には話していなかった。

「うん、大丈夫。全部、麻子姉のお陰だよ」

麻子は柔らかな笑みを見せてくれた。

「良かった。仕事のほうは馴れてきた？」

「大丈夫。前の生活に比べれば今はすごく楽だよ。働く時間は少ないのにバイト代を貰《もら》い過ぎちゃってるみたいで……」

「そんなこと気にしないの。私がスカウトしたんだから。ね？」

「うんっ。じゃあ、行ってくるよ」

健児はエレベーターで五階に上がった。

『百花』の営業時間は午後五時から。

それまでに浴槽やフロアの掃除、アメニティグッズの補充など、やることは多い。

何せ『百花』は八階建ての大きな建物なのだ。

ただ実際使われているフロアは六階までで、その中でお風呂のあるフロアは五階と六階。

天然掛け流しの温泉、露天風呂、日替わりの薬湯、ジャグジー、水風呂、サウナなど大抵のスーパー銭湯にある設備は一通り揃っている。

一階が受付で、二階が休憩室《きゅうけいしつ》。

三階は簡単な食事を取れるレストランになって、四階が託児所。

街の中心部にあることもあって、女性限定でありながら、平日週末関係なく常にお客さんで賑わっている。

湯が抜けている浴槽を、ブラシで磨《みが》いていく。

シャッシャッシャッシャッ。

軽快な音を立てながら隅々《すみずみ》まで磨き、終わる頃にはうっすらと汗ばむほど。かなり体力勝負ではあるが、こんなのは前の生活に比べれば何でもない。

健児はこれまで、大学が終わればすぐにバイトという生活を送っていた。親には頼れなかったので、生活費を自分で稼がなければいけなかったのだ。

一応奨学金を貰っているが、一人暮らしは生活費やら色々と物入りだった。

もちろん週末もバイトを入れていたが、そんな無理な生活をいつまでも続けられるわけもなく、バイト先でぶったおれてしまう。

過労によるもので、そのまま入院する羽目になった。

そして、見舞いに訪れた両親と一緒に来てくれたのが麻子だった。

——私、スーパー銭湯の経営を母さんから任されてるんだけど、健児、私の所で働いてみない？　学校のスケジュールに合わせて時間の融通は利《き》かせるし、ちゃんとバイト代も出すから。

そんな麻子の申し出を、迷惑はかけられないと一度は断ったが、両親の強い勧めや「私たちの間で遠慮なんていらないでしょ？」という麻子からの優しさもあって、健児は今の職場で働くことになった。

麻子は最初こそ「週末は予定が入るかもしれないんだから、無理してシフトを入れなくてもいいのよ？」と気を遣《つか》ってくれたが、ただでさえ甘やかされていると感じた健児は仕事くらいちゃんとやらせて欲しいと譲らなかった。

お風呂場全体を掃除し終えると、「健児ちゃん！　荷物が届いたからお願いね！」と同僚のおばさんから声がかけられた。

「はいっ！」

裏手の荷物搬入口に入って来たクリーニングのトラックから、大量のバスタオルを受け取り、それを何人かで上の階へと運ぶ。

そうやって、どうにか営業三十分前までに準備を終わらせることが出来た。

そこでほとんどの女性従業員は営業に備えて休憩を取る。

さすがに女性専用の店で男性従業員を接客に使うわけにもいかないので、健児の仕事はこれで終わりだ。

同僚に挨拶をし、事務所の扉をノックする。

「はい」

麻子の声が答えた。

「麻子姉。僕だけど」

「どうぞ」

失礼します、と事務所に入れば、麻子はパソコンで作業をしていた。

顔を上げて、にこりと微笑《ほほえ》んでくれる。

「今日もご苦労様」

「本当は営業もお手伝いできればいいんだけど……」

「そんなことは考える必要ないわ」

「でも……」

「でも、じゃないでしょ？　いい？　健児は大学生よ。大学生には大学生にしか出来ないことがあるし、友達と遊ぶことだって大切なんだから。モラトリアムは大切にしないと。予定は入ってるの？」

「ゼミの人たちと週末にコンパが……。あ、でも、無理矢理誘われたんだからね!?」

妙な弁解をしていると、麻子に笑われてしまった。

「私に言い訳なんてしなくていいわよ。うんうん、コンパに行くだなんて健児も健康的な男子かぁ」

健児は苦笑する。

「これも麻子姉のお陰だよ。本当にありがとう」

「喜んでもらって私もお姉さん冥利《みょうり》に尽きるわ」

「……ところでさ、旦那さんとはどう？」

麻子は小さく肩をすくめた。

「相変わらず」

「そっか」

右の頬《ほお》をむぎゅっと引っ張られた。

「！」

「健児がそんな顔することないでしょ？」

「うん……。じゃあ、そろそろ行くね」

「また明日ね」

健児は外に出た。

（相変わらず、か……）

麻子は今年で結婚五年目。

ただずいぶんと前から旦那さんが家に帰るのが遅くなりだし、今は夫婦の間にまともな会話はないらしかった。

健児はもともと麻子に旦那とのことを聞くつもりはなかった。

しかし数日前、偶然麻子が電話口で泣きながら旦那に怒っている姿を見てしまったのだ。

（僕が旦那なら、絶対麻子姉を泣かせたりしないのにっ）

いつの頃からだろうか、麻子にこんな想いを抱くようになったのは。

子どもの頃は近所の優しいお姉さんで、お互いが近所づきあいをしている縁から遊びに連れていってもらったりもしていた。

まるで実の姉弟のような関係だった。

でもいつしか、麻子のことを一人の女性として見るようになっていた。

もちろん麻子は健児を弟としか思っていないし、その関係性はとても心地よくもあった。

ところが高校になって、麻子が彼氏と一緒にいる姿を見ると、胸が苦しくなった。

そんな風に想いを募《つの》らせながらも、健児は告白できないでいた。

情けなかったが、今の関係性が変わってしまうのが怖かったのだ。

健児は切ない気持ちになりながら、自宅へ戻った。

いつものように健児が掃除を終えると、同僚のおばさんから声をかけられた。

「健児君。ちょっといい？」

「はい。何ですか？」

「この建物の七階や八階に行ったことある？」

「ありません。清水さんに行かないようにって言われてますから」

「まあ、そうなんだけどねえ。でも健児君は結構、清水さんとお話ししてるでしょ？」

ぎくっとしてしまうが、健児は誤魔化す。

「あれは、僕が唯一の男だから、力仕事をよく頼まれるってだけですから」

「あら、そうなのね～」

「皆さんも行ったことないんですか？」

「そうなのよ。私たちも気にはなってるんだけどね～。ほら、七階から上には鍵がないと行けないでしょ？　だから、ＶＩＰ専用なんじゃないかって思ってるの」

「ＶＩＰ？」

「政治家とか芸能人みたいな人たちよっ」

「あー、なるほど……」

おばちゃん達の想像力のたくましさに驚かされながらも、言われてみれば気になる。

確かに従業員には鍵は渡されていないし、健児も掃除をお願いされたこともなかった。

（でもここで働く時に麻子姉と約束したし……）

――七階から上には行かなくても大丈夫。そこは私が担当だから。

あの時は、そうなんだとしか思っていなかったが、一度気になってしまうと落ち着かなくてしょうがない。

仕事をいつもより早めに終えると、事務所にいる麻子に声を掛けに行く。

「麻子姉、いる？」

反応がないので、そっと開けて見ると無人だった。

壁にかかっているマスターキーを見る。

周りを見回し、マスターキーを手に取った。

（ごめん麻子姉！　すぐに返すからっ！）

七階へ上がり、どんなフロアかを見て、すぐに戻れば大丈夫。

そう自分に言い聞かせ、早速エレベーターへ向かう。

スリルに心臓がドキドキと鳴った。

エレベーターに乗り、鍵を差して操作パネルについたフタを開ければ、そこに七階と八階、屋上のボタンが現れる。

恐る恐る七階のボタンを押せば、エレベーターの扉が閉まり、ウーンと少し音を立てて上がっていく。

これまで一度も見たことのない、七階のランプが点灯《てんとう》した。

扉が開き、フロアが目に飛び込んでくる。

「うわぁ……」

思わず間の抜けた声が出てしまう。

エレベーターを降りてすぐの部屋には厚みのあるカーペットが敷《し》かれ、右手側には作りのしっかりしたソファーと壁掛けの大画面テレビ。

別の一角には、本棚やマッサージチェア、テーブルセット。

左手側の扉を開けると、広々としたパウダールームがあった。

まるでテレビでしか見られない高級ホテルのスイートルームのように、調度品に高級感があった。

奥にはもう一つ部屋があるらしく、そちらへ入れば、大人が二人横になってもまだ余裕がありそうな大きなベッドが置かれている。

ベッドサイドにある棚には幾つもの香水と思わしき瓶や、アロマキャンドルなどが置かれていた。

そしてベッドの向かい側には、壁一面の棚にびっしりとお酒が並べられた立派なバーカウンター。

（ここ、なんだろう……）

おばちゃんの見立て通り、本当にここはＶＩＰ専用なのだろうか。

（麻子姉がプライベートで使ってるのかな……）

掃除は行き届いて綺麗だし、ベッドメイキングもされているのを見る限り、しっかりと管理が行き届いているようだ。

そうやってフロアを探検するうち、はっとして時計を見れば、すでに五時を大きく過ぎてしまっている。

（やばっ）

今頃麻子はマスターキーが無くなっていることに気付いているかもしれない。

慌ててエレベーターに乗り込もうとしたところに、扉がゆっくりと開いた。

「っ！」

降りて来たのはタイトなスカートの黒いスーツ姿に高いヒールの女性だった。

栗色の髪は腰に届くほど長く、気の強さが切れ長の瞳に現れている。

柑橘系の爽やかな香りがした。

「あら、あなたが今日の担当？　見ない顔ね。新人？」

ピンクのリップを塗《ぬ》った形のいい唇に目がいく。

「え、あ、はい！　ここでお世話になって二週間ですっ！」

「そう。それじゃお願いするわ。久しぶりだから、しっかりお願いね」

(お願い？)

戸惑っていると、女性が振り返る。

「何してるの？　来て」

「はい……」

言われるがまま、ベッドのある個室へ女性と入って行く。

「脱がせて」

「え？」

「服よ。早くして」

女性の問答無用な物言いに、自然と従ってしまう。

「わ、分かりましたっ」

「もう、何をグズグズしているのよっ。麻子ってば教育がなってないわねっ」

「清水さんは悪くありません！　……至らないところは教えて下さい」

女性は艶《あで》やかに笑う。

「じゃあ、まずは自己紹介しましょう。名前は？」

「葉室健児と申しますっ。お客様は？」

「私は鈴木真澄《すずきますみ》」

上着を脱げば、今にもブラウスのボタンが弾《はじ》け飛びそうなくらい膨《ふく》らんだ豊満な胸が目に飛び込んできた。

ブラウスごしに、胸の丸い形が浮き出てしまっている。

健児は、目を逸《そ》らして上着をハンガーにかけた。

「次はスカートよ」

ホックを外すのに手間取ると、

「そこはしてあげる」

と言われて、真澄がホックを外してくれた。

健児がスカートをゆっくりと下ろしていけば、肉付きのいい大きな桃尻を包み込んだピンク色のショーツが目の前に迫った。

ショーツはピッチリとお尻に密着して、深い割れ目が透けて見える。

「……お、終わりました」

「次は上をお願い」

緊張と昂奮《こうふん》で身体を小刻みに震わせながら、ボタンを上から少しずつ外していく。

そんな健児を真澄はじっと見つめているのだが、健児はとてもではないが、真澄を直視できなかった。

前を開けば、深い谷間を覗《のぞ》かせた豊乳がこぼれ出てきた。

真っ白な乳肌、そしてほんのりと鮮やかな色をした乳首。

釣り鐘のようなロケットおっぱいがふるんふるんと小刻みに揺れる。

「！」

健児は目を背《そむ》けた。

「ふふ。ブラは窮屈《きゅうくつ》だからしてないの」

背中側に回ってブラウスを脱がせれば、綺麗な形の肩胛骨《けんこうこつ》と傷ひとつない柔肌の背中が露《あら》わになった。

「あの、僕はこれで……っ」

「なに言ってるの、これからでしょ？　マッサージをして」

真澄はベッドのある部屋まで行くと、俯《うつぶ》せの格好で横になった。

あの重たげな乳肉が潰れて、横乳が身体の線からはみだしている様《さま》に生唾《なまつば》を飲み込んだ。

「あ。あの……髪の毛をどけてもいいでしょうか？」

「いいわ」

「失礼します……」

真澄の了解を得て、絹のようにさらさらした髪をそっと横へどけた。

部屋を見回すと、様々な薬液があった。

「そこの白いものが薔薇《ばら》のローションだから、それでマッサージしてちょうだい」

言われた通り、健児は手の平にローションをこぼすと、両手でしっかりと捏《こ》ね、背中に触れた。

「ああっ」

真澄が上擦《うわず》った声を上げる。

「だ、大丈夫ですか!?」

「へ、平気……っ。初めて触られる時はいつも声が出ちゃうだけ。……続けて」

「は、はい」

そっと背中にローションを擦《す》り込んでいく。

真澄の肌は手の平に心地よく吸い付いて、触っているだけで気持ち良かった。

もちろん大きく張り出したお尻には目をやらないよう気を付ける。

「どうでしょうか……？」

「なかなかうまいじゃない……っ」

「あ、ありがとうございます」

真澄の背中は、ローションでてらてらとヌメ光った。

「次は足をお願い」

お尻に意識を向けないように、右の太腿を両手で包みこむようにローションを塗っていく。

「んんっ……いぃっ、気持ちいぃっ」

真澄が悩ましい溜息をこぼす。

すべすべした腿《もも》の裏や関節部分、そしてふくらはぎ。

真澄は少しくすぐったそうに、鼻にかかった声まじりに身を捩《よじ》った。

「足の指のほうも、ですか？」

「もちろん」

（ヤバッ……）

女性の身体に触れたのなんて初めてだし、その相手がグラビアアイドル顔負けのプロポーションの持ち主なら反応しないわけがない。

健児は股をきつく締め、マッサージを続ける。

赤いペディキュアが鮮やかな、綺麗な足にもしっかりローションを擦り込んでいく。

「ああっ……んっ……いぃっ……ねえ、お尻もお願い……っ」

「し、下着は……」

「もちろん脱がしていいわ」

分かりましたと頷《うなず》いた健児は、ショーツにそっと手をかけ、出来る限りお尻に触れないようにするのだが、無理な話だ。

ぷるんと蕩《とろ》けるような柔らかさが、指に接してしまう。それでもショーツを下ろしきれば、ゆで卵のようにつるんとした、たわわなお尻がこぼれでた。

もちろん深い割れ目もしっかりと。

「早くっ」

急《せ》かされ、ローションをたっぷりとまぶしながら、ソフトタッチをする。

「ねえ、もっと捏ねるように揉《も》むのよっ。そんなんじゃ、お尻を濡らしてるだけじゃないっ」

意を決した健児はぷるぷるのお尻に指を食い込ませ、パン生地を捏ねるようにマッサージした。

「あああぁ！」

真澄が昂奮に染まった声を上げた。

「そうっ！　それくらい……ンンッ……刺激が強い方が好みなのっ！」

お尻の割れ目にもローションを滑り込ませれば、真澄の息遣いはますます乱れ、小刻みに身体を震わせ、シーツをぎゅっと握りしめていた。

磁器のように白かった柔肌がみるみる紅潮して、汗ばんでいく。

ローションとも汗ともつかないもので、クチュクチュと淫《みだ》らな音が奏《かな》でられた。

「こっちも！」

真澄はいきなり身体をゆっくり回転させ、仰向《あおむ》けに寝転がった。

その拍子に、ぷるんと豊満なふくらみが大きく波打って暴れる。

たおやかな髪が真澄の顔に張り付いて、凄みのある艶《つや》を醸《かも》し出す。

二つのふくらみの頂きにあるサーモンピンクの乳首はころんと硬く痼《しこ》っていた。

「ふふ。ねえ、どこ見てるの？」

真澄は、健児をからかうように囁く。

「……あの、その」

健児は言葉に窮して俯く。

「もしかして女の身体に触れるのは、初めて？」

「っ！」

答えられなかったが、真澄は満足そうに微笑んだ。

「へえ。麻子も面白い子を採用したものね。まあでもこれまでと違った趣向もいいかも。――健児、さ、今度は胸のマッサージよ……っ」

「わ、分かりました」

観念して健児は真澄の胸を見た。

股間は痛いくらい勃起《ぼっき》している。

「胸は直接ローションをかけてからマッサージして」

言われた通り、ローションを大きなふくらみに垂《た》らしていく。

乳首にローションが触れれば、真澄はピクンッと身体を小刻みに戦慄《わなな》かせた。

健児は、胸を優しく手の平で包み込んだ。ホイップクリームのようにふわっとした柔らかさと、熱い温《ぬく》もりが手の平一面に広がる。気を付けないと、おっぱいが手の中から逃げてしまいそうなほどに、ぷるぷるしていた。

「あぁっ」

真澄は目元を紅潮させて、モジモジする。

（真澄さんの胸、僕の手じゃ包みきれない……）

全体的に細身《ほそみ》で贅肉《ぜいにく》がないのに胸やお尻は肉付きが良く、健児は昂奮を隠しきれない。

真澄の赤らんだ肢体はびっくりするくらい火照っている。

「真澄さん、具合はどうですか？」

「いいわ。分かってきたみたいね……っ。続けて……んッ」

さっきのお尻のようにおっぱいを揉みしだけば、指先に硬く尖った頂きを感じた。

「そこも刺激して。でも優しくね……あああんっ！」

硬い乳首を抓《つま》めば、真澄はこれまで以上に悩ましい声を上げた。

まるでオスの本能に訴えかけてくるような、糸を引くような喘《あえ》ぎ。

「それくらいの強さで段々強くしていくのっ。女の身体はワガママだから、優しいままなのは耐えられないのッ」

指導しているのか、懇願しているのか、健児にはよく分からなくなってきていたが、真澄が悦《よろこ》んでくれていることは分かった。

健児は昂《たか》ぶった股間のせいで中腰になりながら、ぷるぷるのおっぱいを握りしめ、乳首を刺激する。

「あぁっ……んんっ……はあぁっ……ぁあっ……」

真澄のなだらかなお腹がピクピクと小刻みに戦慄く。

「……む、胸はその辺りでいいわ、とりあえずは、ね……。他の所もマッサージしてちょうだいっ」

「他ってどこですか？」

「女の大切な場所」

「えっ」

「ここ、よ……っ」

真澄は腰を少し浮かせ、少し高くなった恥丘のすぐ下、淫毛に縁《ふち》取られた秘裂を強調してみせる。

「早くしてっ」

健児の迷いを焦《じ》れったく思ったように、真澄が急かしてきた。

健児はそこにも胸と同じようにローションをそっと垂らす。

「ん！」

真澄はピクンッと反応した。

健児は足の側に立つと、そっと足を開く。

左右対称の綺麗な割れ目が目に飛び込んできた。

まさか初めて出会う女性の身体をここまで見ることになるなんて。

しかし健児のオスは確かに反応していて、息が荒くなってしまう。

必死にそれを抑《おさ》えながら、指先で割れ目をなぞるように触れた。

「んんッ……そうッ……さ、最初は優しく、ねっ」

ローションによって割れ目はヌルヌル。

「……割れ目を開いてみて」

「あ、はい」

思わぬ要求に戸惑いながらも、緊張で手を震えさせながら割れ目をそっと開けば、鮮紅色の膣肉が目に飛び込んできた。お尻側にある穴が、ヒクヒクと震えている。

（ひ、ひくひくしてる……。すごくいやらしい形だ……）

麻子の秘処も同じなのだろうかと変なことを考え、はっとしてそんな思考を追い出す。

「こ、これからどうすればいいんですか？」

「上の方に小さな粒みたいなものがない？」

「あ、あります……」

「そこはクリトリス。……聞いたことくらいあるでしょ？　そこを舐《な》めて」

「でもそれはマッサージじゃ……」

「女の身体を知るのにいい機会でしょ。舐めなさい」

真澄に命じられると逆らえない。

それにこの人は麻子のことを知っている。

もしこの人を満足させなければ、麻子に迷惑がかかってしまう。

健児は表面を撫《な》でるように舌を使う。

「ん……えろっ」

「あぁんっ！　そうっ……それくらいでイィわっ。それにしても鼻息が荒いわね……」

「すいません」

「いいのよ。童貞なんだから。私が十分って言うまで続けて」

「えろっ、んちゅっ、えろっ」

健児は言われるがまま、しゃぶった。

「ああっ、イイッ……っ。健児、あなたの舌遣い、なかなかじゃないっ」

舐めているうちに、鼻腔に何とも言えない蒸れた臭気のようなものが香ってくる。

その匂いが強まっていくほど、真澄の喘ぎは上擦っていく。

(いやらしい匂いだ……っ)

そして肛門側にある小さな穴から、ローションではない、とろりとした蜜がこぼれてきていた。

健児は反射的にそれをしゃぶっていた。

「あああぁん！」

反応の激しさに、はっとして顔を離してしまう。

「ごめんなさい……！」

「なんでやめちゃうのよぉ……っ」

真澄は目元を赤らめながら、うっとりした表情をしていた。

「そこが、おま×こ。健児のち×ぽを咥《くわ》え込む場所」

そこはそんなものが入るとは思えないくらい小さく、ひくひくっと戦慄いている様子も物欲しげなものに見えてきた。

「指を入れるの」

恐る恐る右手の人差し指を挿入する。

クチュッという音と共に、指がぬぷぬぷっと埋まっていく。

「アァッ……健児の指が入ってくるっ」

真澄は啜《すす》り泣きをこぼし、身悶える。

同時に肉の輪っかがきゅっと伸縮しながら、指をきつく締め付けた。

(温かい……っ)

「う……っ」

蜜まみれのヌルヌルした膣肉がぎゅっぎゅっと、指を奥まで呑み込んでいこうとする。

(女の人の身体がこんなにいやらしいなんて……)

「そ、そうよ……！　指を前後に動かしてっ」

言われた通りにすれば、ぬるぬるの膣壁が蠢《うごめ》く。まるで意思を持った生き物のよう。

悩ましい締め付けは、健児を昂奮させようとするかのように淫らで、分泌されたお汁がますます卑猥《ひわい》な音を立てた。

「ああんっ、あなたの指、私のいい所に当たるわっ。ねえ、クリトリスをしゃぶりながらしてっ」

健児はクリトリスに口づけをする。

「んーっ！」

涙目になった真澄が汗ばんだ肌をうねらせれば、膣穴の圧迫感も強くなった。

今にも食いちぎられそうに思えるのに、指を抜きたくなかった。

（徐々に強く……）

さっきのお尻や胸の時のことを反芻《はんすう》した健児は、陰核にそっと歯を立てた。

「ああぁっ、イクッ！」

（え？）

これまで以上に収斂《しゅうれん》した柔肉、そして真澄はブルブルッと全身を痙攣《けいれん》させながら、やがて力を抜いてぐったりしてしまう。

「真澄さん、大丈夫ですか!?」

健児は指を抜き、慌てて彼女の顔を覗き込んだ。

「んっ……んぅうっ……ぁあ……」

真澄は切れ長の目で、健児を見つめる。

「すいませんっ！　気持ち良くなってくれたのなら、クリトリスを少し強めに刺激してもいいかなと思って――」

柔らかな感触、そして湿った息遣いに、健児は目を瞠《みは》ってしまう。

顔を両手で包み込まれ、真澄に唇を奪われていたのだ。

彼女の舌が無遠慮に口の中に押し入ってくる。

「っ!?」

驚いて思わず固まると、真澄が妖しく囁いた。

「食べたりしないから、私の言う通りにするのよ……っ」

健児がおずおずと頷けば、真澄は満足そうに笑う。

「私の舌に、あなたの舌を絡《から》めるの。やって……っ」

「……んっ」

健児は恐る恐る真澄の舌と、自分の舌とを触れあわせる。

瞬間、ビリビリッと電流のような刺激が身体を走り抜けた。

「もっともっと深く絡めるのっ」

真澄の言う通り、いや、健児も乗り気になって真澄の舌を求めた。

舌が絡み合えば、クチュクチュと唾液《だえき》の擦《こす》れるしっとりとした音が奏でられる。

お互いの唇を食べているような心持ち。

「んちゅっ……れろれろっ、ちゅぱぁっ……はあぁっ、いいわ。健児、あなたってば将来有望かもしれない……っ」

「ありがとうございま……真澄さん!?」

健児は新たな刺激に上半身を仰《の》け反《ぞ》らせてしまう。

真澄の右手が股間に触れていたのだ。ズボンごしにはっきりしている勃起の膨らみを手の平で包み込まれ、圧迫されたり、擦られたりする。

「ま、真澄さんっ。て、手が……」

真澄が口づけを終わらせると、健児のよだれでヌラヌラと淫らに光っている唇を笑みの形にする。

「草食動物みたいな顔しといて、こっちは私が欲しくって今にも爆発しちゃいそうじゃないっ」

真澄の手がズボンの中に入り込み、ペニスを握りしめられてしまう。

「うう！」

やめさせなければいけないのは分かっているが、真澄が客という意識があるせいで、乱暴なことは出来ない、と身動きが取れなくなってしまう。

そのうちに、ペニスをズボンから露わにされた。

「ねえ、どうしてこんなことになっているの？」

「ど、どうして？」

「さっきからどぎまぎしてたくせに、これはどういうこと？　説明しなさい」

ぎゅっと亀頭冠を締め付けられると、苦しいというよりも気持ちよさが先に来てしまう。

(真澄さんの手が、僕の汁で汚れて……)

真澄の手は柔らかく、すべすべしていて、まるでピアニストのように指も長い。

その手が亀頭冠を包み込みながら、くびれを絶えず刺激してくるせいで我慢汁が止まらなかった。

「ま、真澄さんの身体が……」

「私の身体が何？」

「真澄さんの身体がすごくいやらしくって……我慢できなかったんです！　お尻も胸もどっちもいやらしくって……！」

「ねえ、健児。あなた、年上の女性に好かれたことはない？」

一瞬、麻子のことが頭を過《よ》ぎったが、「い、いえ」と首を横に振った。

すると、真澄は嬉しそうな顔をする。

「そう。なら、私が一番最初ってことねっ」

健児は不意に仰向けの格好でベッドに押し倒されたかと思えば、真澄がのしかかってきた。

そんな状況でも、充血した男根は直立の姿勢を変えない。

「女を教えてあげるっ」

瞳を潤《うる》ませた真澄は腰を落として、肉棒に秘処を密着させてくる。

最初に感じたのは、熱気と湿り気。指で感じたよりもずっと生々しくいやらしい。

「真澄さん……!?　ううう！」

健児のペニスが、さっき指を入れていた膣穴にみるみる呑み込まれていく。

「ああっ！　健児のち×ぽ、私の中に入ってくるわ……っ！」

あっという間に、根元まで健児の股間は埋まってしまう。

「ま、真澄さん……っ！」

健児はこれまで感じたことのない股間の疼《うず》きに身動《みじろ》ぐ。

さっき指に吸い付いていたぬるぬるの膣壁が男根に吸い付きながら、にゅるにゅると動けば、腰が疼いてしまう。

真澄は重たげな乳房をぶるんぶるんと大きく揺らしながら、上半身を仰け反らせた。

硬く尖った乳首から汗の雫《しずく》がしたたる。

「まさかこの歳になって、男の子の初めてを味わえるなんてね」

真澄は両足をM字に開いたまま、優越感のこもった笑みで見つめてくる。

「どう？　初めての女のおま×こは？」

「くっ……。す、すごいですっ……。真澄さんの中、僕のを締め付けながら、しゃぶってきてて……！　うっ！」

「ねえ、見て。あなたのち×ぽで、私のおま×こ、すごくこじ開けられちゃってるんだからぁっ」

真澄は健児に誇示するように腰をクイックイッと前後に動かす。

(ほ、本当だ！　僕のあそこが、真澄さんの中にぶっすり刺さってて……舐めてた時は、あんなに小さくって指が一本入るのがやっとだったのに)

ち×ぽとか、おま×ことか、こんなにも綺麗な女性が口にしていることが、新鮮で、より卑猥だった。

「私のお腹の深い場所にまで、あなたのが届いてるのよ。あぁっ……っ」

真澄は下腹を愛《いと》おしげに撫でる。

「健児のち×ぽ、大きさも太さも硬さもどれもこれも申し分なし……。あぁ、カリの高さも、最高ねっ。こんな男に惚れないなんて、あなたのそばにいる女たちって見る目がないのねっ……ぁあんっ」

真澄は湿った吐息をこぼす。

「……ううっ。真澄さんの中、貪欲《どんよく》に僕のを求めてきます……っ」

「それが女の中の反応。逞《たくま》しい若い子が来てくれて悦んでるの。──こうしてお尻に力を込めて、締めてあげれば……」

「うぁああ!?」

真澄はわざとらしく健児のペニスを絞《しぼ》っては、経験のない健児を惑わすのだが、これに抗《あらが》う術《すべ》がなかった。

「ふふ。あなたのち×ぽが、私の中でビクビクって今にも出しちゃいそうって震えてるっ」

健児は肩で息をする。

「わ、分かりました、真澄さんっ！　分かりましたから。もうやめて下さい……！」

「やめる？　あなたのち×ぽはこんなにも悦んでくれてるのに？」

再び強烈な膣圧に襲われれば、健児は思わず腰を持ち上げてしまう。

「ああンッ！」

真澄が鼻にかかった声をこぼす。

二つのふくらみがぷるんぷるんとたわんだ。

「健児の先っぽなんてパンパンに膨れちゃって……。でもやめてあげないわっ。だって、私を満足させるのは、あなたの仕事でしょ？」

「ち、違います。僕の仕事は――」

健児は反論しようとするが、問答無用とばかりに真澄からねちっこい口づけを受けてしまう。

真澄の舌がうねうねと蠢いて、健児の口の中を犯してくる。

思考がグチャグチャになりながらも、

――私の舌に、あなたの舌を絡めるの。

さっき真澄から教えられたことを無意識のうちに実践《じっせん》してしまう。

真澄は嬉しそうにしゃぶりつき、とろりと唾液を垂らしてくる。

ツバを呑み込み、舌を絡め合えば、口の周りはあっという間に唾液まみれになる。

「んふっ、んんっ、ちゅぱぁっ、えろっ、んんっ、ちゅっ、ちゅうっ」

と、股間で快感の電流が弾《はじ》けた。

「真澄さん!?」

とても口づけをしていられる場合でなくなり、健児は目を白黒させてしまう。

真澄が腰を持ち上げれば、挿入していたペニスが少しだけ覗いた。

「ふふ。さすがに敏感ね。でもそういう子を征服するのが今回のコンセプトなんでしょうねぇ。麻子もなかなか味な真似をしてくれるわ」

お酒で酔ったように艶やかに頬を染めた真澄が、さらに腰を持ち上げれば、ペニスが今にも抜けそうになるが、その寸前で腰を落としてくる。

クチュクチュ！

「うあああ！　真澄さんっ！」

「はあああぁぁぁんんっ！」

粒だった柔らかな粘膜が、先端を滑っていく時のぞわぞわする疼きに、腰がガクガクしてしまうが、今度は腰を動かすことは出来なかった。

真澄が健児の胸に手を添えて、下半身に重心を移動させたせいだ。

もどかしい気持ちに、腰の疼きがますます強まってしまう。

「ねえ、乳首を抓んでっ。ほらっ、早くぅっ！」

両手を握られて胸へ導かれ、健児は乳首をぎゅっと抓んだ。

「アアアアアンッ!!」

絹のような髪を揺すり、真澄は全身で悦んだ。

柔肉の締め付けも高まり、繋《つな》がっている部分からニチャニチャと淫らな音が弾けた。

「もう我慢できないわっ！」

真澄は腰を大きく持ち上げ、再び沈めた。

それを何度も繰り返し、腰を弾《はず》ませる。

根元まで腰を沈めるたび、ぱちゅん！　ぱちゅんっ！　と、体液の飛沫《しぶき》が爆《は》ぜた。

膣壁と擦れるたび、股間がびくっびくっと引き攣《つ》る。

健児は豊満な乳房を鷲摑《わしづか》むと、腰を叩きつけた。

「健児ぃ……ぁあああんっ！」

腰を動かしながら、胸をめちゃくちゃにまさぐった。二人が繋がりあった場所は白く泡立った体液で淫らに汚れ、濃いめの叢《くさむら》に雫《しずく》がまばらについている。

「ああッ！　そ、そうッ！　胸をめちゃくちゃにして！　指を食い込ませて！　乱暴に乳首をめちゃくちゃに弄《いじ》って！」

真澄は上半身を仰け反らせる。

(女の人がこんなに生々しい声を上げてる……)

健児にとってよく知っている大人の女性は、麻子くらいだ。

彼女はいつも貞淑で理知的。

大人の女性はみんな麻子と同じように貞淑なものだと思っていたが、今、健児の腰にまたがったり、健児の勃起にむしゃぶりつく姿は女性というよりも、ケモノだ。

なのに健児はそんな乱れる真澄の姿に、ますます劣情が煽《あお》られてしまう。

もっと叫び声のような喘ぎを上げて欲しい。

（もっと気持ち良くなって欲しいっ！）

健児は乳首をつまみながら、男根を膣奥の行き止まりに押しつけ、ゴリゴリと抉《えぐ》るように腰を密着させる。

「あああぁ！　イィッ！　ゴリゴリされるのイィッ！　健児のち×ぽが私の身体の深い場所にまで達して気持ちいいっ！」

パンパンパンパン！

二人の腰がぶつかりあうたび、打擲音《ちょうちゃくおん》が間断なく響き渡った。

「あ、あなた、本当に初めて!?　とても初めてとは思えないわ！　だって、あなたのち×ぽ、私のおま×こにぴったりのサイズで、あなたが腰を動かすたび、私の弱い部分に当たるのぉぉぉ!!」

汗みどろの真澄のおっぱいに指を食い込ませ、変形させる。

尿意にも似た感覚が、股間から湧いてくる。

「来なさいっ……んんっ……お、女の身体への中出し、許可してあげるからぁっ……

はあああぁぁあん！」

「でも中に出しちゃうと！」

健児が腰を引こうとしても、逃がさないとばかりに真澄の膣壁がギチギチに締まってどうしようもない。

「いいのっ！　ピルはちゃんと飲んできたから！　あなたのドロドロ精液を出すの！　私の子宮をグチョグチョにするのっ！」

「ううう!!」

健児は乱暴に射精まで導かれてしまう。

「くるッ！　くるぅッ！　健児の熱々のザーメンが私のお腹を埋め尽くしてくるぅ！　ああぁ、イクゥゥッ！」

ドクン！　ドクンッ！

大量の子種汁が、柔らかな牝肉《めにく》の蠕動《ぜんどう》に促《うなが》され、次々と搾り取られてしまう。

「う、ぁ……っ」

全身から力が抜けてしまうような排泄感《はいせつかん》に、健児は呆《ほう》けた。

「はぁぁ……。健児のち×ぽ汁、最高……っ」

髪をかき上げた真澄はうっとりとした牝《めす》の顔をさらして、恍惚《こうこつ》とする。

「びくんっ……びくんって……健児のち×ぽ、私の下腹で大きく震えて……。どう？初めて女に種付けした気分は？」

「今も、僕のに吸い付いて……うっ……す、すごいです……っ」

「そうよ。女はすごくて、貪欲なの。さぁ、どれだけあなたが私に子種をくれたか確かめてみましょう」

真澄は気怠《けだる》げに腰を持ち上げれば、少しずつ萎《しな》びたペニスが露わになり、真澄の膣穴はぽっかりと大きく開いていた。

「んふぅ……逆流してきちゃうぅっ……」

真澄が上擦った声をこぼせば、白濁《はくだく》したザーメンがどろりと逆流して滴《したた》ってくる。

そのたび、贅肉のほとんどないスッキリした下腹が小刻みに震えた。

「ほ、ほら、見なさい。あなたがこんなに私の中に出したんだから……」

「……す、すいません」

「謝る必要ないわ。だって褒めてるんだから。今日はすごく満足出来たわ。ありがとう、健児」

そっとやさしい口づけをされる。

「今度は指名するわ」

「指名？」

「詳しいことは麻子に聞くのね。さ、お風呂に行きましょ」

健児が真澄に手を引かれて個室を出た瞬間、麻子がエレベーターから息せき切って飛び出してくる。

「鈴木様！　申し訳ございません！　今、担当の者の到着が遅くなると連絡が……」

麻子と目が合う。

「け、健児!?　どうしてあなたが……」

麻子は健児たちが裸だということに気付いて唖然《あぜん》とする。

そんな麻子に、真澄が笑いかけた。

「麻子。新人の子、なかなか良かったわよ」

「鈴木様、違います！　その子は違うんです……！」

「あら、そう？　だったらもったいないわね」

「え？」

健児だけが、事態についていけないでいた。

服を着がえた健児は、事務所で所在なく立っていた。

健児が返した鍵を、溜息まじりに麻子は弄んでいる。

「健児がまさか、こんなに悪い子だったなんて知らなかったわ」

「ごめん！　ちょっと見て、すぐに返すつもりだったんだ！　そうしたら、真澄さんと鉢合わせちゃって……」

「健児も男ってことね……」

「……うう」

返す言葉もなかった。

「でも、ど、どういうこと？　どうして七階を開放しないの？」

「これはここだけの話よ」

「う、うんっ」

「このスーパー銭湯は、もともと私の母がやってたことは知ってるわよね？　実はね、ここは女性に男性をあてがう仕事もしてるの」

「それって！」

「勘違いしないで。乱交とか売春ではなく、私生活に色々と問題を抱えた人に、赤の他人と性交するという非日常的な空間を演出することで、その人本来の魅力を取り戻してもらうのが目的なの」

「じゃあ、真澄さんも？」

「鈴木様は、あなたを自分の相手だって錯覚して……。もう、こんなことになっちゃうなんて……」

「そ、そうだったんだ……。でももう七階には行かない！　約束するよ！」

「それは駄目。だって鈴木様はあなたのことをすっごく気に入って、次回も健児じゃなきゃダメだって仰《おつしや》って……。彼女は大きな会社の社長をしていて、ここの大口の出資者なのよ」

「そ、それじゃ……」

「いえ、私が何とかしてみるわ。話せばきっと分かって……」

「僕なら大丈夫！　や、やるよっ！」

麻子にじろりと見られる。

「そんなこと言って、セックスがしたいだけなんでしょ？」

「違うよ！　あの人がいないと、『百花』が大変なんだよね。だったら……」

麻子は小さく溜息をついた。

「でも、あと一つ、鈴木様から言われたことあって……。このお店で他の女性ともエッチさせて、腕を上げさせて欲しいって。あなたには才能があるからって……」

「才能ってエッチの⁉」

「もちろんここに通う方はみんなしっかりとした人ばかりだから、あなたが嫌な思いをすることはないわ。万が一、何かあれば私に教えてくれれば対処もする。鈴木様がめちゃくちゃなことを言ってるのは分かってるけど、どうかしら？」

「『百花』のためにも頑張るよっ！」

こうして、健児の非日常な日々が始まることになった。

第二章　悦びの湯～人妻・真美子

「ねえねえ、健児くんっ」

いつものように働いていると、同僚のおばちゃんに声をかけられた。

「何ですか？」

おばちゃんは声を潜《ひそ》めた。

「この間、七階に行ったんでしょ？　何があったの？」

「いえ。僕は……」

「おばちゃん、君が一人でエレベーターに乗りこんだ後、エレベーターが七階に行くのを見ちゃったのよね～」

本当のことは絶対に言えない。

「実はあそこは社長さんの部屋だったんです」

「まあ！　そうだったの？　それで何があった？」

「実は社長さん、ぬいぐるみが大好きみたいで。たくさんのぬいぐるみがありまして」

「あら～。あんなバリバリのキャリアウーマンみたいな人にも可愛いところがあるのね～」

「だから、社長さんは七階には行けないようにしたんです」

「ふふ。いいこと聞いちゃったわ！　――ねえ、鈴木《すずき》さん、聞いて！」

おばちゃんは別の同僚の元へ向かう。

(麻子姉、ごめん！)

健児は心の中で謝り、掃除を続けた。


「真美子《まみこ》さん、ちょっといいですか？」

「はい、お義母様《かあさま》」

柊《ひいらぎ》真美子は畳んでいた洗濯物を脇に置くと、夫の母に従う。

連れて行かれたのは客間。

神経質な顔を顰《しか》めた義母は窓を指さす。

そこにはかすかな曇りがあった。

「ここよっ。明日、お友達が来るんですから、こういう雑なことをされたら困るのっ！」

「も、申し訳ありません！　今、しますっ！」

「もういいです。あなたがやるとまた何か失敗しそうですから。私がやっておきます」

「……申し訳ございません」

真美子は深々と頭を下げるが、義母はもう真美子には興味がないみたいで無視された。

心が折れそうになるのをこらえながら、

「今日の夕飯はカレイの煮付けにしようかと思うんですが、それでよろしいでしょうか？」

と恐る恐る声をかけた。

「いえ、今日はお肉が食べたいから」

「……分かりました」

逃げるように真美子は客間を後にすると、重たい溜息をついた。

夫の孝《たかし》が帰ってきたのは、もう日付が変わった頃。

夫は酒を飲んできたのか顔を赤らめ、真美子が用意した夜食に手を付ける。

「ねえ、お義母さんのことなんだけど」

「ん？　また何かあったのか」

夫は煩《わずら》わしそうな顔をする。

「まあね……」

「お前は嫌かもしれないが、適当に合わせてくれ」

「ね、お義母さんはしっかりされてるんだから、一人暮らしじゃいけないの？」

真美子は懇願するように夫を見つめたが、夫は無言で顔を背けてしまう。

「まぁな……。でも、母さんは大切にしないとな。お前だって最初は親孝行が出来るって喜んでただろ？」

「そう、だけど……」

真美子の両親は二人とも他界している。だから最初は夫の母親との同居を喜んでもいたのだが、そんなことは義母のきつい性格を知る前のこと。

「でもあなたはお義母さんのことは私に任せっきりじゃない。少しは協力してくれたって……」

真美子の呟きにも、孝は知らぬ顔だ。

気を取り直して、真美子はおずおずと食事中の夫の袖を引いた。

「ねえ、今日はいいでしょ？」

「酒を飲んでるんだ。そんな気になれるかっ」

夫は邪魔くさそうに、真美子の手を振り払った。

「でも私はもう三十五歳なのよ。そろそろ……じゃないと、赤ちゃんを産めなくなっちゃう……」

しかし夫は無言で茶漬けを啜るばかりだった。


結婚したのは五年前。両親から薦《すす》められた見合いがきっかけだ。

厳しい両親の元で育った真美子には、しっかりとした人を——ということで、真美子より五歳年上の孝を紹介された。

断る理由もなく、真美子は親に言われるがまま結婚した。

親に従うのは真美子にとって当然のことだった。

そして結婚してから夫婦の営みはあったのだけれど、いつまで経っても子供ができないせいで、孝は真美子を抱くことがなくなった。

このことについても義母からはよくいびられる。

――ね、真美子さん。あなたいつになったら子どもが出来るの？　孝は長男なんですからね、跡継ぎを早く作らないと困るのよっ！

恥ずかしさをこらえながら、孝がなかなか応じてくれないと言うと、

――あなたに魅力がないからでしょう。もう、結婚するなら若い子にしなさいってあれほど言ったのに。

本来なら怒るべきことなのかもしれないが、そんな気にもなれなかった。

（私、どうして生きてるんだろ……）

うるさい姑《しゅうとめ》に無関心な夫。

息抜きをすることもなく、毎日があっという間に過ぎていく。

そんな折、友人からスーパー銭湯に誘われたのだ。

義母には案の定、

――何もしてないくせに温泉ですか。いいですよ。好きに行けばいいじゃないですか。

と、嫌味をちょうだいしたが、久しぶりの外出で真美子はほとんど気にしなかった。

待ち合わせをして銭湯へ向かう。

道すがら結婚生活を語ると、友人から驚かれた。

「そんなひどいの？　離婚しちゃいなよ！　そんなクソババアとオヤジなんて放っておいてさ」

真美子は曖昧《あいまい》に頷くだけだった。

目的のスーパー銭湯は、施設がかなり充実していた。

その分値段は割高ではあるが、ジャグジーに日替わりの薬湯風呂、サウナに水風呂、最新のマッサージ機、他にもネイルサロンや、この店独自の薔薇の成分入りのクリームを使ったマッサージ、色々な種類の軽食を取れるレストランなど、至れり尽くせりで真美子は友人と楽しんだ。

真奈美はすっかり、その『百花』というスーパー銭湯にハマった。

それこそ姑の小言から逃げるように毎日通うようになった。

姑の文句は完全に聞き流し、おそらく姑から何か言われたであろう夫は相変わらずの我関せずぶりで、「最近、出かけてるみたいだな？」と言われ、「うん、スーパー銭湯に」という会話があっただけで、特に詳しくは聞かれなかった。

そんなある日、いつも通り温泉と食事を楽しみ、そろそろ帰ろうかというところで、声をかけられた。

　声の主は着物姿の綺麗な女性だった。

「楽しんでいらっしゃいますか？」

「はい。すごく……」

　思わず身構えると、女性は自己紹介をしてくれた。

「最近は毎日ご利用して下さり、ありがとうございます。私はここの経営をしております、清水麻子と申します」

「あ、ご丁寧に……。柊真美子です」

　つい真美子まで自己紹介をしてしまう。

　簡単な雑談を挟み、麻子は言った。

「お客様には当店の特別サービスをご利用になれる資格があります。もし気が向いたらこちらにご連絡下さい」

　真美子は麻子から名刺を受け取る。

　名刺と言っても、電話番号しか書いていない。

　携帯ではなく固定電話の番号だ。

「あの、これは？」

「……当店は男性によるサービスも行っております」

「マッサージ、ですか？」

「いえ、もっと」

「もっとって……もしかして……あの、……売春、みたいなことですか？」

「勘違いなさらないで下さい。これはあくまで、その方の本来の魅力を取り戻し、日々に張りを持って頂くために行うサービスに過ぎません」

「そ、そうですか……」

「お考え下さい。では」

真美子は、麻子を呆然と見送った。


このサービスを利用するなんてあり得ない。

帰宅した時にはそう思ったが、家に帰るなり浴びせかけられる義母からの嫌味に、自分でも驚くほどあっさりと気持ちは決まった。

この家で自分を心配してくれる人は、誰もいない。

だったら折角のチャンスを摑むべき、と。

ドキドキしながら電話をかけると、すぐに相手が出た。

「はい」

麻子の声だ。

「わ、私、以前お話をさせてもらいました、柊真美子と申しますっ。あの時仰ってたサービスを体験したいんですが……」

「かしこまりました」

麻子は月日と時間を指定して、『百花』に来てくれるよう言った。

「分かりました。あの……その……」

「不安に思われることはありません。しっかりした者をこちらは用意していますから」

電話を切っても、心臓は今にも爆発しそうなくらい高鳴っていた。


指定された日時に『百花』へと向かう。

受付で「麻子さんを」と言うと、すぐに麻子が姿を見せた。

今日の着物は青と銀色を基調にして、涼やかだ。

「ど、どうも……」

「まずはこちらの薬をお飲み下さい」

「何ですか？」

「ピルです。どうぞ」

分かりました、と真美子は錠剤を飲んだ。

麻子に続いてエレベーターに乗り込むと、彼女は鍵穴のついているフタをあけ、そこに配置されていた『八階』のボタンを押す。

エレベーターがゆっくりと上がり、『八階』へと到着した。

開いた扉の先に広がっているのは、温泉のあるフロアと同じようなものだった。もっと別の雰囲気をイメージしていた真美子は驚いてしまう。

「ここで、ですか？」

「そうです」

麻子は脱衣所に案内してくれる。

「こちらでお着替えをお願いします。そしてあちらの浴室へ。担当の者は間もなく参りますので」

「わ、分かりました」

麻子はエレベーターに乗り込んでしまう。

真美子は服を脱ぎ、バスタオルを巻いて言われた通りの大浴場へ向かう。

（この香りは……ラベンダー？）

そのお風呂は澄んだ紫色。手を入れてパチャパチャする。湯は丁度いい熱さだ。かけ湯をしてから、湯船に入る。

「はぁ……気持ちいい……っ」

寒い季節だけあって温泉が一段と染みる。

芯まで温まるのが分かり、手足を思いっきり伸ばす。

うっとりと目を閉じていると、ガラガラと扉が開く音が背後でして、はっとして振り返ればそこに真っ裸の男性がいた。

「っ！」

慌てて顔を背ける。かけ湯をする音がした。

「失礼します」

「きゃっ！」

真美子は自分の身体を、両腕で隠す。

「……ど、どうぞ」

隣に男性が入ってくる。

男性と一緒に入るなんて、夫ともしたことがなかったのに。

心臓が早鐘《はやがね》を打っていた。

健児はその日、事務所に呼ばれて、とある人物のプロフィールを渡された。

柊真美子、とあった。

氏名の他にも家族や交友関係、趣味などが詳細に書かれている。

「これ、どうしたの!?」

「うち専属の探偵を使って調べたの」

「そんなものがあったんだ……」

「そう。『特別なお客様』に相応《ふさわ》しいかどうかは大切だからね。口が軽くて、ここでのことが明るみに出るのはたくさんの女性にとって不幸だもの。お相手は初めてだから、健児にお願いしたいの。どうかしら？」

そこには『姑とは険悪、夫との関係もなし』と記載されていた。

「家に問題があるのは辛いわ」

麻子は寂《さみ》しそうに微笑んだ。

もしかしたら麻子はこの柊真美子という女性に、自分を重ねたのかも知れない。

「やるよっ」

「良かった。彼女は特別なお湯にいるわ」

「特別？」

「そう。こういう禁欲的な人生を歩んできた女性はまずは、自分の殻を破ることから始めるべきだから。母の知り合いが製薬会社の社長をしていてね、うちのために特別な生薬《しょうやく》を使った温泉の素を配合してくれてるの」

「その温泉が真美子さんを気持ち良くするのに利用できる、ってこと？」

真美子は「そうよ」とうなずく。

「今回、利用するのは『悦びの湯』。その女性の快感を増幅してくれるもの。――お願いね」


そんなことがあって、今は真美子と一緒にいる。

「僕、健児と言います」

「私は、……真美子、です」

「真美子さん」

「は、はい。健児さん。あの……お若く見えますね」

「嫌ですか？」

「そんなことは……っ」

真美子は頬を染めて、モジモジした。

ミルクのように白い肌がぽうっと赤らんでいる。

「抱きしめていいですか？」

「えっ、あ……は、はい」

健児はモジモジしている真美子を優しく抱きしめた。

柔らかな真美子の身体をいっぱいに感じる。

(抱きしめてるだけなのに気持ちいい……)

彼女の顔が間近にある。健児が顔を近づけると、真美子は静かに目を閉じる。

小刻みに震えている唇に、そっと自分の唇を重ねた。

「ンッ……」

真美子の唇はふわふわして、肉厚だった。今にも泣き出してしまいそうなか弱さがあって、それが愛らしかった。

唇を重ね、舌を這わせる。

「ん！」

「口を開いて下さい」

「は、はい……っ」

健児がお願いすると、真美子はかすかに開く。

唇をそっと重ねた。今にも激しく舌を啄《ついば》みたい気持ちを必死に抑えながら、唾液を交換すれば、ピチャピチャと音が奏でられた。

「んっ……んんぅっ……はぁっ……」

真美子はリズミカルな舌遣いに、うっとりした。

「真美子さんの唇、気持ちいいです」

「あぁ、い、言わないで下さい……っ」

「何度だって言いますよ。だって、本当のことですからっ」

健児は真美子の両手をそっと外すと、右胸を握りしめる。

「ぁああっ」

真美子は唇を外そうとするが、健児はそうはさせず口づけをしたまま真美子の形のいい右胸をむにゅむにゅと触った。

真美子の胸は真澄とは違いお椀《わん》を伏せたような形をしていて、乳首の位置は高め。

「あぁっ……け、健児さんっ……いやらしい触り方……っ」

「旦那さんとは違いますか？」

「えっ!?　どうして結婚していることを……」

健児は真美子の左指を見る。指輪をしたままだった。

「あ、その……」

「どうでもいいですよね、そんなこと」

唾液を垂らすと、真美子は遠慮がちにそれを飲んでくれる。

細いノドが小さく動く。

「ンゥウゥッ！」

尖った右の乳頭を抓むと、真美子は喘ぎを押し殺すように強く下唇を嚙《か》みしめた。

「喘ぎを我慢しないで下さい」

「い、いえっ。我慢なんてしてません……っ」

「ここでは真美子さんの牝を解放して欲しいんです」

それでも真美子は、いやいやとかぶりを振るのだった。


真美子はドキドキしながら、初めて会った男性と情熱的な口づけをしてしまったことで感じていた。

(あんなにいやらしい口づけなんて初めて……)

旦那はキスはそんなに好きではなく前戯もなおざりで、すぐに挿入したがった。

あんなに舌を絡めあうネットリとした口づけなんて知らない。

「ごめんなさい！　私……！」

真美子は帰ろうとするが、

「真美子さん！」

健児に後ろから抱きしめられてしまう。

「あぁっ」

熱の籠もった声が自然と漏れた。

健児の雄々しい男根がお尻のほっぺに押しつけられていた。

（あの人よりも、硬くて、長くて……ドクドクって脈打っている……）

見なくても分かる。夫の何倍も凄い。

「僕のキス、下手《へた》でした？」

「……いえ」

「それならもう少しチャンスを下さい。あなたを満足させてみせますからっ」

「ち、違うんです……。何だか感じ過ぎてしまって怖いんです……。ですから、あなたのせいでは……っ」

「もう一度仕切り直ししましょう」

「はい」

もう一度口づけをしながら、ゆっくりとお風呂に入る。

健児の武骨な手が、再び胸を握ってくる。

優しいタッチなのに指先から伝わる力強さに、「んっ」と声が漏れた。

「真美子さん、声を我慢しないで」

「む、無理です……」

大声で喘ぐなんてあり得ないことだ。

「ンッ……ウゥッ……ンフッ……」

真美子は息を荒げながら胸を触られるたびに身悶えながらも、声だけは必死に我慢した。しかし健児に不意打ちで乳首をそっと吸われると、「ああんっ」と声を我慢できなかった。

「そ、それ駄目……っ」

真美子は健児の頭を押そうとするが、健児の巧みな舌遣いや甘噛みに、背筋に甘い痺《しび》れが駆け上がり、全身から力が抜けてしまう。

「真美子さんのここ、こんなに硬くなって吸って欲しそうなのに……」

「す、吸って欲しそうじゃありません……ああっ」

左右の乳首を吸われ、さらに指で左乳首をコリコリと刺激されると、健児の頭を抱えながらますます感じてしまう。

「健児さん、どうしてそんな丁寧に刺激されるんですかっ」

「真美子さんを気持ち良くしたいからです。真美子さんが気持ち良くなってくれると、嬉しいからっ」

そんなことを言われると、この瞬間だけの関係に過ぎないのに、健児に身も心も任せてしまいそうになる。

下腹がズキズキと疼き、閉じ合わせた太腿を擦りあわせてしまう。

(こ、こんなはしたない気持ちになってはいけないのにっ。はしたない女って思われるのは嫌……。でもどうしてこんなに感じてしまうの？　いつもと違う状況だから？それとも相手が夫ではないから？)

まるで淫乱のようなことを考えてしまい、赤面する。

健児には何もかもお見通しだった。

「あそこが疼くんですか？」

「いやっ！　健児さん！　そんなことを言わないで……………！」

顔がみるみる熱くなり、俯いてしまう。

「僕はいやらしい真美子さんが好きですっ」

「でもこんなはしたなくなるなんて……初めてなんです……っ。夫とも、初めてした時だってこんな気持ちにはなったことがなくて……」

健児にぎゅっと抱きしめられ、囁かれる。

「大丈夫。僕は真美子さんがどれだけはしたなくなっても、真美子さんを嫌ったりしませんから」

「ほ、本当ですか？」

「もちろんっ。だから、そこに腰かけてください」

健児は、浴槽の縁を示す。

「……はぃ」

真美子は言われた通り、縁に座った。

健児の熱い視線を痛いほどに意識すれば、鼓動が暴れる。胸には健児の武骨な手の感触、乳首では彼の熱い口内や歯、舌の感触が絡みつくように残っていた。

「足を開いて下さい」

「……健児さんがして下さい」

「真美子さんに自分からして欲しいんです。このままじゃ辛いんじゃないですか？」

「……イジワル、ですね」

「ごめんなさい。でも僕は真美子さんに、自分を解放して欲しいんです」

真美子は目をぎゅっと閉じて、両足を少しずつ開いていく。

緊張と羞恥《しゅうち》、そして健児に弄って欲しいという欲望とで、身体が小刻みに震えてしまう。

「ありがとうございます」

健児の気配を太腿で意識し、そして湿った息遣いが秘処に触れる。

「ああっ」

真美子が目を開ければ、股の間に健児がいた。

「綺麗なあそこですね」

「や、やめて下さい……っ」

今さら足を閉じようとしても意味はない。

「えろっ」

「ああっ、な、舐めるなんて汚いですっ！」

「汚くないです。だってここはお風呂なんだから」

「だ、だからって、こんないやらしすぎること……っ」

「真美子さんはされたことないんですか？」

「は、はぃ……。夫もこんなことをしては……」

「じゃあ、本当に嫌だったら言って下さいね」

肉厚な舌でしゃぶられ、こぼれる蜜をチュッと吸われる。

「ぁあんっ！」

秘処から同心円状に、ゾワゾワッと疼きが広がった。

(ああ、ついさっき会ったばかりの子に、私のあそこをしゃぶられちゃってる！　恥ずかしぃ！　あぁっ……こんな下品なことなのにっ！)

健児はただしゃぶるだけではなく、クリトリスにも吸い付く。

「あああああああん！」

電流が全身を貫《つらぬ》くと同時に、真美子はたちまち昇り詰めて倒れそうになってしまうが、健児が支えてくれる。

「はぁっ……はぁっ……んんっ……」

瞬《まばた》きすると、目の端にジワッと涙が滲《にじ》んだ。

(嘘《うそ》っ……今ので、イっちゃったの……？)

ただでさえ自分は、性的に鈍感だと思っていた。

夫と交わっている時でさえも、ほとんどイったことがなかったのだ。

「真美子さん、大丈夫ですか？」

「ご、ごめんなさい。私……恥ずかしい姿を見せてしまって……」

「イってくれて嬉しかったです。今も真美子さんのあそこからいやらしい匂いがしてますし……」

「い、いや！　言わないで下さいぃっ！」

真美子は逃げようとするが、絶頂直後の気怠さのせいで、身動ぐ程度で終わってしまう。

そこへクチュクチュとみずみずしい音が下半身で弾けた。

「ひぃンッ！」

真美子はショートヘアの毛先を乱す。

健児は右手の人差し指を挿入し、クニュクニュと柔らかな粘膜を刺激している。

「真美子さんのここ、僕のを締め付けてる。すごく濡れてるし」

「違います！　そ、それは温泉で……」

「こんなにネバネバしてるのに？」

「う、動かさないでぇ……ぁああん！」

声が上擦り、胸をふるふると揺らしながら煩悶した。健児の言葉をどれだけ否定しようとも媚肉《びにく》が締まって、彼の指を貪欲に咥え込んでしまう。

「だめっ！　やめてっ……そ、そんなに穿《ほじ》られてしまったら……ああっ、またおかしくなっちゃうっ……」

真美子は押し寄せる陶酔感に頭が真っ白になってしまう。

健児は立ち上がると、胸にしゃぶりついてきた。

「ンンンン！」

気持ちが昂ぶっている最中、目の中がパチパチと光が明滅するのを感じながら、すぐにイってしまう。健児の指をさらにギュッギュッと締め付け、健児の顔に胸を密着させながら、抱きつく。

身体が芯から火照り、健児にまさぐられている秘処が燃えるように滾《たぎ》った。

「ご、ごめんなさい！　こんなにスケベでごめんなさぃっ！」

真美子は嗚咽《おえつ》まじりに、健児の唇に吸い付く。

「真美子さんが気持ち良くなってくれて嬉しいです！　もっとふしだらに、もっと淫らになって下さい……う!?」

不意に健児が呻《うめ》いた。

真美子の手が、健児の硬くそそり勃《た》ったものを撫でたのだ。

（さっき私のお尻に押しつけられたもの……）

はしたなく生唾を呑み込んだ真美子は下品を承知で、男根から目が離せなくなってしまう。

「真美子さん……っ」

健児も恥ずかしそうだった。陰茎は青筋を立てながら小刻みに脈打ち、笠は力強く張り出し、グロテスクながら、真美子を惹《ひ》き付ける。

（あの人とは全然ちがう）

もちろん年齢の違いもあるのかもしれないが、この凶器のようにも見える形状は、真美子がこれまで全く意識してこなかった自分の中の女の本能を揺さぶってくる。

「触ってもいいですか？」

「お願いします……っ」

陰茎に触れると、その熱気にびっくりして、すぐに手を離してしまう。それでももう一度、優しく触れた。

「うっ！」

健児は顔を歪《ゆが》めた。

「い、痛いですか？」

「違います。真美子さんの手がすべすべして気持ち良くって……」

健児のペニスに触れているだけで、股を擦り合わせてしまう。

しかしそんなもので、この淫らな熱気を散らせるものではない。

「健児さん……」

真美子は甘い溜息をこぼした。


健児はドキドキしていた。ここまではどうにか、真美子を導けている。

温泉の影響なのだろう、彼女は立て続けに二度も絶頂してくれた。

真美子に再びお風呂に入って貰うと、再び彼女の股の間に身体を押し込み、怒張を秘裂へあてがう。

「あぁっ」

真美子は黒目がちな瞳を潤ませ、小鼻を膨らませる。

その視線は、健児のペニスに釘付けだ。

「真美子さん、いきますね」

「……はい」

健児は身を乗り出して、腰を深く沈めた。

亀頭の硬い感触が、秘処にぴったりと押し当てられる。

表面を擦る逸物《いちもつ》のゴツゴツした感触に、下半身が戦慄いた。

その硬さは、やっぱり夫の比ではない。

(こ、こんなに大きくて太いものが、入るわけない！)

「健児さん！　や、やっぱり私無理……ああああん！」

逸物が深い場所めがけて埋まってくる。

数年ぶりのエッチのせいか、それとも健児の怒張の太さのせいか、少し痛みを覚えてしまうが、構わずペニスが押し入ってきた。

「け、健児さん！　あそこが壊れちゃう……！」

真美子は健児にしがみつき、彼の左肩に顔をうずめた。

その間にも、怒張はどんどん深い場所に押し入ってくる。

それは挿入というよりも、串刺しにされてしまっているみたいだった。

「ひいいいん！」

これまで一度も夫が達したことのない行き止まりを、ズンッと突かれた。

「ぁあ……はあっ……ンンッ……け、健児さんっ……ぁあっ」

うまくしゃべれず、呂律《ろれつ》が回らない。

「全部、入りました。見て下さい」

促されて繋がっている部分を見れば、健児のあれだけ太いものが根元まで真美子の膣内に埋まっていた。

「ああ、う、ウソ……っ」

恥ずかしさに顔が燃えるように熱くなる。

「気分はどうですか？」

「な、何だかお腹の辺りに違和感が……。すごくお腹が突っ張ってるみたいで……」

真美子は全身で呼吸をする。今も柔らかな胎内で感じているペニスはゴツゴツしていて、締め付けるたびに、鉄のような硬さを意識せずにはいられなかった。

「真美子さんっ」

「ん……っ！」

唇を塞《ふさ》がれた。

(アァッ……健児さんのものを受け入れながら、いやらしいキスを……っ)

自分の身体に刻まれていたはずの夫の感触は綺麗に流され、唇も秘処もどちらも健児の肉体にのめりこんでいた。

「うう、真美子さん、締め付けがきついっ」

「わ、私がしてるんじゃないんです……っ」

「分かってます。真美子さんのあそこが、僕を欲しがってるんですよね。僕のものを」

「は……はぃっ」

健児は笑みを浮かべると、腰を引いてきた。

「はああああああああんっ！」

全身に快感の稲妻が迸《ほとばし》った。

（あぁ、い、イっちゃった……っ）

健児に抱かれ、何度絶頂すればいいのか。

しかし絶頂によって、理性はどんどん混迷を深める。

力強く張り出したエラが蕩けた柔壁を擦りながら、抜けていく。

柔肉が収斂《しゅうれん》しながら、抜けようとするペニスを咥え込んだ。

「真美子さんのあそこが僕を好きみたいで嬉しいです。大丈夫っ。もっと深くまで真美子さんの膣内を掻《か》き混ぜますからっ」

ズンッ！

「ああんっ！　健児さんの、刺さるぅぅぅ！」

(私の身も心も、健児さんにいやらしい牝に変えられていく……)

しかしそれは決して嫌ではない。

「真美子さんのおま×こ、掻き混ぜますね！」

健児はそれまでの動きが練習だと言わんばかりに、腰を前後に振り始めた。

湯面が大きく波打ち、泡立った。

ぢゅぶっ！　ぶぢゅっ！　にゅぷっ！　ぢゅぶぢゅっ！

健児の男根が激しく真美子の胎内を掻き混ぜ、子宮口を突き刺す。

「ひいいぁああ！　健児さん！　健児さんのあそこ、ブスブス私の中に深く来て、あああ！　おかしくなっちゃう！　こんなに激しいエッチ、初めてぇっ！」

真美子は無我夢中で健児の唇に吸い付き、全身を擦りつける。

他に意識を向けないと、頭が変になってしまう。

胸が彼の胸板で潰れ、乳首も拉《ひしや》げた。

「もっと激しくきて下さい！　もっと、私のあそこを健児さんのもので掻き混ぜて！」

真美子は上半身を大きく仰け反らせ、何度となく全身を痙攣させせた。

（イき続けちゃってるぅっ！　こ、こんなエッチ初めて！　こんなに私、エッチでイくような女だったのっ？）

戸惑いながらも、胸の中は幸福感で一杯だった。

潤んだ瞳で健児との生々しい口づけで唾液の交換を繰り返し、唇の周りをヨダレでベトベトにしつつ、火照った肌に健児の逞しい肉体を深く感じる。

「真美子さん、そろそろ……」

健児が苦しそうな顔をするのと同時に、ペニスが反《そ》り具合をきつくし、ぐぐっと膨張する。

「来てっ！　中に出して下さいぃっ！」

「出る……っ！」

熱いマグマが、真美子の身体の深い場所めがけて流れ込んでくる。

「ンンンン……い、イクッ！　夫ではない人の精子を受け止めながらイクウウウウウウウ!!」

真美子は嗚咽をこぼし、全身をビクビクッと痙攣させながら果ててしまう。

「ああ……はぁ、ん……っ」

健児の身体にしなだれかかった。

「……け、健児さん。あなたのあそこ、凄くって素敵でした……」

「まだ終わりじゃないです」

「——え!?」

健児がペニスの健在ぶりを教えるように腰を動かせば秘肉を擦られ、腰を大きくビクンッと反応させてしまう。

(う、嘘！　こ、こんなことあるの!?)

夫は一度ですぐに終わった。すぐに柔らかくなってしまった。

「健児さん、でも今、出しましたよね？　一度出したら男性は満足するんじゃ……」

「真美子さんをもう一度、抱きたい」

健児は、真美子の中からペニスを一気に抜く。

「はああっ……」

真美子は名残《なごり》惜しい声を漏らしてしまう。

健児に促され、正常位から体勢を変えた。

「えっ？」

健児に浴槽の縁を摑むよう言われ、健児に向けて突きだしたお尻を持ち上げる格好になった。

「健児さん！　こ、こんな格好……！」

健児にお尻を突きつける格好になってしまう。

「真美子さんのあそこも、お尻の穴も丸見えですよ」

「いやあ！」

真美子はこの格好をやめようとするが、健児にガッチリと腰をつかまれているせいで逆らえなかった。

「こ、こんな格好いやですっ！」

「真美子さんの声はぜんぜん嫌がってませんよ」

健児は、問答無用にペニスを押し当ててくる。

「ンンっ！」

それはさっきの硬さと少しも変わらない。

蜜まみれの秘孔をぐりぐりと押し広げられながら、再び一つになる。

「ひいいいいいいん……！」

花肉は、勃起肉を再びあっさりと受け入れてしまう。

子宮口を押し上げながら、健児が真美子の背中にのしかかってくる。

「ぁあっ！　け、健児さんっ……駄目、ああ！　この体勢、深いぃぃ！」

まるで動物の交尾のような格好で犯される倒錯感に眩暈《めまい》を覚えながら、腰がガクガクと震えた。さらに健児の両手が真美子の胸を握りしめ、まるで瓢箪《ひょうたん》のように形を歪められ、絞られてしまう。

健児に触れられている全ての場所が性感帯に変わってしまい、恍惚とした。

健児は真美子の反応の良さに、ますます真美子をめちゃくちゃにしたいという気持ちが込み上げる。

「ぬ、抜いて下さいぃ！　こんな格好でするなんて駄目ですっ！　恥ずかしい……恥ずかしいんですっ……」

言葉でこそ拒絶していたが、真美子の肉穴は伸縮してペニスを刺激しながら、奥へと引きずり込もうとしてきた。真美子のおっぱいのぷるぷると弾む触感を手の中で堪《たん》能《のう》しながら、腰を大きく前後に動かし、彼女のお尻を勢い良く弾く。

パンッ！　パンッ！　パンッ！　パンッ！

「はん！　ぁあっ！　ひぃ！　ひぁっ！　健児さんのあそこが、刺さるぅ！　グチュグチュ掻き混ぜられて、あそこがビリビリしちゃいますっ！」

健児は真美子の中を激しく攪拌《かくはん》しながら、ビンビンに勃っている乳頭を力一杯抓んだ。

「おっぱい、だめえっ！」

真美子は眉をひそめ、身悶える。

胸を激しく揉みくちゃにされるたびに、彼女はマゾヒスティックな快感に溺れた。

（真美子さんのあそこの熱気でのぼせそうだ！）

真美子の愛蜜まみれの膣粘膜を広げながら、抽送《ちゆうそう》をくりかえす。

「ああっ！　はあっ！　んんっ！　ぁはああんっ！」

「真美子さん！　旦那さんより、あなたを気持ちよく出来てますか!?」

「は、はい！　あなたとのエッチが夫よりも気持ちいいですっ！　溺れてしまいそうっ！」

真美子は最初にあった恥じらいや貞淑さはなく、健児の肉棒で貫かれるたび、魅惑の桃尻をぷるぷると弾ませた。

（真美子さん、最初はあんなにお淑《しと》やかな女性だったのに）

自分が彼女をこんなにも大胆にしたのかと思うと、自信が漲《みなぎ》る。

「け、健児さん！」

真美子は振り返り、唇をねだった。

健児はその期待に応えて口づけを交わしながらも、腰をパンパンッと叩きつける。

「け、健児さん、ご、誤解なさらないで下さいね！　本当の私はこんなに卑猥ではありませんっ！　し、信じて下さいぃ……んんっ！」

真美子は言葉とは裏腹な、夢見心地な顔をする。

肉洞がますます収斂し、子種を求めていた。

「信じます。それに旦那さんは馬鹿だと思います。こんな素敵な真美子さんを放っておくなんて」

「あああ、夫の事はここでは、仰らないでぇ……！」

真美子は首筋を曲げて、健児の口を塞ごうとするかのように舌に吸い付く。

激情に追いやられるその蕩けるような口づけに、健児のペニスに甘い電流が閃《ひらめ》き、真美子の重たげなヒップに腰を強く押し当てる。

ぷりぷりのお尻が、腰に吸い付く。

「真美子さん、僕もう……！」

「健児さん、分かりますっ。わ、私も……！」

「で、出ますっ！」

「来て下さいぃ！　私の中に、健児さんの子種を下さいぃ！」

貪《むさぼ》る肉壺の蠕動に導かれ、限界を迎えた。

びゅるっ！　びゅぅぅっ！　びゅっ！

「あああ！　いくっ！　いっちゃうっ！　健児さんに二度も膣内に出されて、イクウウウウ！」

健児は玉袋が軽くなるような、夥《おびただ》しい射精を遂げた。

お互いに絶頂の余韻にひたりながら、恐る恐る口づけをする。

「……んんっ、す、すごく幸せ、でした……」

真美子は、ハァッと上擦った溜息をこぼした。


真美子が帰宅するのを、健児は麻子と一緒に見送った。

麻子はにこりと、健児に微笑みかける。

「健児、今日はありがとう。お客様はとても満足されたみたいよ？」

「それなら、良かった」

「ふふ。でも初めての仕事であそこまでいけるなんてびっくり。一ヶ月後にはジゴロになってるかもね」

「な、ならないよ！」

「その慌てようじゃ無理かもしれないわね。ふふ。それじゃまた明日」

「うん、麻子姉。また明日」

健児は別れを言って、店を出た。

夜風が心地いい。

(これからも頑張ろ！)

第三章　精力の湯〜女教師・桜

授業開始のチャイムが鳴る。

小早川桜《こばやかわさくら》は教科書を小脇に抱えて職員室を出た。

グレイのスカートスーツに、茶色がかった髪を一つに束ね、パンティストッキングをはき、パンプスに足を通している。

十二月に入って校舎の中は底冷えが厳しくなったが、桜は構わなかった。着ぶくれするくらいなら、こっちの方がマシだ。

歩くたび、シャツの中に無理矢理押し込んだ胸がゆさゆさと揺れた。

男性教師や男子生徒とすれ違うたび、桜の胸に目がいくのは学生の頃からのことだから慣れている。

教室に入ると今日の日直が「起立。気を付け！」と頭を下げる。

「今日は昨日の続き『杜子春』について。——出席番号七番、読んで」

半袖のワイシャツ姿の男子生徒たちを眺める。

そして教室に漂《ただよ》う若い男の汗の匂いに、懐かしさを覚える。

学生時代、桜は何人もの男子と関係を持った。

もちろん同じ学校ではない。他校の男子だ。

下級生や上級生。他にも大人とも。

その人が好きだったわけではない。一度寝れば二度と寝ない。

桜が欲しかったのは家に帰らなくてもいい理由だった。

両親は顔を合わせれば喧嘩ばかり。家の雰囲気は最悪だった。

桜はいつも自分の部屋に閉じこもって、頭から布団をかぶって耳を押さえていた。

そういうことから、誰かと短期間付き合ってはまた別の人と——という生活を送り、相手が大学生なら半同棲のようなこともした。それでも桜は学校では優等生で、裏でそんなことをしているなんて誰も思わなかった。

優れた成績で大学に入学、一人暮らしをして教師になった。


その日、日々の授業計画の提出や部活の指導などを終えると、桜は職員室を出た。

もう時刻は午後十時過ぎだ。

部活は新体操部の顧問を務めている。

子どもの頃から新体操をしていた桜にとっては後輩達に教えられるから、有意義な時間を過ごせるものの、その分業務量が増えてしまったことは否めない。

学校を出て車で向かった先は、駅前にある『百花』。最近お気に入りのスーパー銭湯だ。温泉や施設が充実しているのはもちろん、女性専用ということがまた嬉しい。

駐車場に車を停めると着替えなどを詰めたバッグを手に、いつも通り温泉やサウナを楽しんだ。

温泉から出ると、マッサージ機に身を任せる。

このまま寝落ちしてしまうのも珍しいことではなかった。

今日もまた寝落ちしてしまう。


「お客様、お客様」

「……んん」

肩を揺すられ、桜が目覚めれば藤色の着物をまとった女性が肩を揺すっていた。

(確か、ここのオーナー、よね)

「もう閉店の時刻ですので」

「ごめんなさい」

腕時計を見ると、もう十二時近い。

「いつもご利用頂き、ありがとうございます」

「私の方こそ、仕事の疲れもここに寄れば消えますので……」

「そう言って下さると光栄です。——あの、こちらを」

オーナーの女性は名刺を差し出してきたが、そこには固定電話の番号しか記載されていない。

「これは？」

「特別なお客様にだけお渡しいたしますものです。こちらは日頃の疲れをここで癒《い》やして頂き、お客様本来の魅力を取り戻して頂くためのサービスです。そのために必要な男性スタッフを、こちらではご用意しております」

「……売春、ということ？」

「人によってはそのように思われる方もいらっしゃいますが、多くの方々にご満足頂いております」

「馬鹿にしないで下さい。それは犯罪ですよっ!?　通報しますよ!?」

そう凄んでも女性は笑みを絶やさなかった。

「帰りますっ」

桜は踵《きびす》を返して歩き出した。

（ここがそんな犯罪まがいのサービスをしていた場所だったなんて……！）

腹立ちが治らないまま、自宅マンションに帰宅したが、玄関に男物の革靴がないことに少し喜びを覚えた。

家庭内別居。

夫は桜が寝ている頃に帰ってきて、桜が出勤する時にはまだ寝ている。

同じ家にいるのに、ここ何ヶ月も顔を合わせていない。

原因は、いつまで経っても桜との間に子どもが出来ないこと。

夫も桜も検査して貰ったが、身体には何の問題もないことが、子どもを作るつもりがないいんじゃないか、とお互いに疑念を抱くきっかけになり、余計に不仲に拍車をかけた。

いつの頃からか桜が誘っても夫は「疲れた、明日早いんだ」と言うばかりで、応じなくなった。

（身体が疼く……）

疲れると、性欲が溜まるのは昔からのクセだ。

太腿を擦り合わせながら時計を見るが、今はそんな楽しみをしている時間もない。

明日も早い。

「はぁ……」

深い溜息をつき、あの女性から渡された名刺を見る。

「馬鹿みたい」

名刺を部屋のゴミ箱に捨てた。


(今日は妙に身体が熱っぽいし、モヤモヤする)

生理が近いせいだろうか。下腹部のあたりが妙に疼いて落ち着かない。

出勤した桜は職員室へ入ると、同僚へ挨拶をして、事務仕事に取りかかる。

そうこうしているうちに一時限目を知らせるチャイムが鳴った。

「先生。二年三組で授業ですよね？」

ぼーっとしていると同僚の教師から言われた。

(そうだった。今日は一時限目から授業があるんだった……)

気怠い気分を引きずりながら、教科書を脇に階段を上がる。

教室に入ると、授業を開始する。

生徒を指名し、教科書を読ませるうちに、まるで思い出したように身体が火照ってきた。

そのせいでほとんど板書ができず、口頭だけで授業を進めざるを得なかった。

「あの、先生……」

「ど、どうしたの？」

声を上げたのは女子バスケ部の生徒だった。

「どうかしたんですか？　顔色が少し悪いみたいですけど」

「そうね、ちょっと風邪気味で……。みんなには迷惑をかけてしまうけど許してね」

そう言ってどうにか授業を続けたが、火照りは収まらず、いつもより早めに授業を切り上げた。

（我慢出来ないっ！）

桜はトイレへ直行すると個室に飛び込んだ。

フタを開けないまま便座に膝から崩れ落ちるように座りこむと、何かに急き立てられるようにスカートをたくしあげた。

パンティストッキングは汗を吸ったせいか脱ぎにくかった。

（仕方ない……）

ストッキングを破るや、グレイのローライズショーツを膝下まで脱いだ。

と、秘処とショーツの間で愛液が糸を引くのが見えた。

(どうして私がこんな目に……)

焦りとともに、あの馬鹿な夫が全て悪い、という思いが湧いてくる。

右手に持ったハンカチで口を押さえながら、左手で割れ目をなぞる。

「ンッ!」

クチュクチュと愛液まみれの秘肉を左手の薬指で擦れば、

「アアンッ」

我慢できずに声を上げてしまう。

薬指に嵌《は》めたままの指輪のひんやりとした金属の感触が、お汁まみれで火照った膣粘膜に触れたのだ。

「ンンン……」

左手を見れば、愛液でぐっちょりと濡れそぼっている。

肩で息をしながら、指をしゃぶる。

「んちゅっ……ちゅぴっ……えらっ……」

牝の臭気が凝縮された愛蜜の匂いにウットリした。

そして再び、左の薬指を挿入する。

「んぅ……ぅうっ……」

第一関節、第二関節と蕩けた肉穴へ埋めていく。

柳腰に甘い電流が迸るたび、クネクネと腰を動かした。

そして指輪が火照った膣壁を擦る。

「んーッ！」

（ああ、最高っ。まさか不仲を知られないためにしたままだった指輪を、こんなに素敵な性具に出来るなんて……っ）

膣をいじれば、胸のふくらみが内側から張ってくる。

震える右手で乱暴にシャツの裾をたくしあげれば、スポーツブラに包まれたふくらみがこぼれでる。ぷるるんっと揺れる乳丘。スポーツブラにポッチが浮かんでいるのはもちろん、黒々とした汗の染みが浮いていた。

「ハァハァ……ッ」

（私、学校で何をしてるんだろっ）

しかしそんなことを考えながらも、スポーツブラをまくりあげ、乱暴に乳房を握りしめようとした刹那《せつな》、少女特有のかしましい声がトイレに響く。

まだチャイムが鳴る前だから、うちのクラスの生徒だ。

「ねえねえ、先生が病気って本当かなぁ？」

「え、どうして？」

声と足音からして、入って来たのは二人。

「なんだか、先生、エッチな雰囲気じゃなかった？」

「えー。何言ってるの？」

「明菜《あきな》はニブいんだから～。男子連中はいっつも、先生のおっぱいに夢中だから」

「男子じゃなくっても、私だってうらやましいなぁ～。私もあんなに大きくなりたいよぉっ」

「えいっ！」

「ひゃっ!?　何してるの!?」

「だっておっぱい、大きくなしたいんでしょ？　揉まれると大きくなるらしいよ？」

(本当に馬鹿なんだから)

生徒たちのやりとりに微笑ましくなりながらも、桜は構わず乳首に爪をたてながら、左の薬指を前後に動かして、秘肉を攪拌する。

クチュ、クチュッ……。

愛液がこぼれ、それが床に滴《したた》った。

「んっ……うぅっ……ンフッ……」

すぐそばに生徒がいる。そう思うだけで、背徳感が高まった。

声を上げたらばれてしまう。騒ぎになるかも知れない。

最初は自分自身を焦《じ》らすように乳首ではなく、その周辺をくすぐる。

恐る恐る爪を立てて乳首をひねれば、腰から頭まで一気に快感電流が迸った。

「〜〜〜〜〜〜〜ッ!!」

目から火花が弾け、そのまま昇り詰めてしまう。

(乳首がガチガチ。あぁ、触れるだけで頭が爆発するぅぅぅ!!)

ジタバタさせた足で扉を蹴ってしまう。

瞬間、扉ごしに聞こえていたかしましい会話がやんだ。

「ほら、馬鹿。あんたのせいで怒られちゃったじゃない！」

「えーっ」

「ご、ごめんなさーい」

生徒たちはバタバタと急ぐようにトイレを出ていく。

「はあああ〜〜〜っ」

大きく息を吐き出すが、桜はそれでもまだ満足できなかった。

勃起した乳首と、白濁した本気汁まみれのクリトリスに爪を立てれば、またもやさっきと同じ快感の波が押し寄せる。

(くるっ！　くるぅっ、くるぅぅ!!)

「イク、イクウウウウウウッ!!」

全身を硬直させると同時に、プシャプシャッと潮を吹いてしまう。

扉や床が、みるみる透明な体液で濡れていく。

(学校で潮まで吹いちゃうなんて……)

頭が真っ白になって、しばらく動けなかった。


その日は気分が悪いと早退をした。

自宅に帰ると、まだ消えてくれない悶々とした気持ちを引きずりながら、自分の部屋へ向かい、ゴミ箱からあの紙を取り出す。

逸《はや》る気持ちを抑えながらケータイのボタンを押すと、すぐに相手が出た。

「はい」

それはあのオーナーの女性の声。

「あ、あの、私……」

「小早川桜様ですね。お待ちしておりました」

「え、ど、どうして？」

「サービスをご利用ということでよろしいでしょうか？」

相手は桜の質問に答えることなく言った。

「はい」

そして日時と場所を指定されるが、桜は遮《さえぎ》る。

「あ、あの！　今日がいいんですが！」

「今日でございますか？」

「迷惑を承知で言っています。でももう我慢できないんですっ……。こ、このままじゃおかしくなりそうで！」

「かしこまりました」

時間を言われた。

「では小早川様、お待ちしております」

そこで電話が切れた。

桜は、気持ちが逸るせいで指定された時間より三十分も早く『百花』に到着していた。受付でオーナーを呼んでもらうと、すぐに彼女が姿を見せた。

まずピルを渡され、エレベーターへ案内された。

鍵で蓋を開け、その中にある『八階』のボタンを押す。

ずっと黙っているのも気まずく、桜はオーナーの女性に話しかける。

「このサービスを利用している方は多いんですか？」

「詳しくは申せませんが、あなたが考えているよりずっと多くの方が利用されていますよ。ですから恥じる必要はないんです。これからすることは、本当のあなたを取り戻すだけなんですから」

(本当の私……)

そうこうしているうちに八階へ到着する。

オーナーの女性はエレベーターから桜だけを降ろした。

「あちらにある浴室でお湯につかってお待ち下さい。すぐに担当が参りますので」

「……分かりました」

脱衣所で服を脱ぎ捨て、裸になる。

長い髪を頭の上でまとめ、ピンで留めると、浴室に入った。

（いい香り……）

花の香り。ささくれた心を撫でつけられるみたいに優しい。お湯はラベンダーを思わせる鮮やかな紫色。

かけ湯をして、爪先からゆっくりと浴槽に入る。

「んん……っ」

鼻から甘い吐息を漏らし、大きく伸びをした。

半日冷え切った学校にいたこともあるのか、温泉のぬくもりがありがたかった。

（まだ日があるうちから温泉なんて贅沢すぎる……っ）

教師になってからは温泉旅行とも縁がなかった。

鼻にかかった息をこぼす。

（でも、私の担当ってどんな男かしら。おっさんじゃないといいんだけど……）

もし中年のおっさんだったら、すぐに回れ右して帰ろう。

その時ガラガラ、と扉が開いた。

その音にがらにもなく緊張してしまう。

（なにしてるのよ。処女の小娘じゃあるまいし……）

ぺたぺたと足音が近づいてくると、湯船に人が入ってきた。

「小早川桜さん、ですね」

そう話しかけてきたのは、高校生と言われても納得してしまいそうな童顔の子。

「あなたが私の相手？」

「はい。葉室健児と申します」

「へえ、健児か。若そうだけど？」

「最近、この務めをやらせてもらえるようになったんです」

「若い子が来てくれたのはいい誤算だわ」

そう言いながら桜は、健児の細身な肉体を、じっと見やる。

（教え子とエッチしていると思えば、背徳感満点……）

桜は前のめりになって、健児の唇を奪った。

「んんっ!?」

健児はびっくりしたように目を白黒させる。

こちらから積極的に振る舞われるのに、慣れていないようだ。

「んんんっ……ちゅうっ……れろっ！」

舌を絡ませ、唾液の交換をする。

（へえ、キスの具合はまあまあ、かな？）

こちらが舌をくねらせると、それに対抗するように舌に吸い付いてくるところは、若々しさを感じた。

「ちゅるっ、ちゅるぅっ、んふっ、れろっ……ふふっ、まあまあやらしい舌遣いは好みかも」

「あ、ありがとうございます。桜さんに満足してもらえるよう頑張りますっ」

勢い込んで言う健児の姿に、子犬に接しているような印象を抱く。

「ねえ、私飢えてるんだけど、満足させてくれる？」

「はい……ううう!?」

健児が全身をビクンと身体を震わせた。

桜が逸物に指を這わせ、扱《しご》いたのだ。すでにそこはギンギンに昂ぶっている。

根元から先端にかけて指や手の平を這わせれば、健児が顔をしかめた。

「さ、桜さんっ」

「大きさや太さ、硬さは合格ね。ちんぽを見せて」

健児は半ば身体を浮かせるようにして勃起している逸物を、湯面から露わにした。

青筋を浮かべた肉幹はビクビクと戦慄く。

「あむぅっ……んんっ……」

桜は勃起の先端肉に、朱唇をかぶせた。

脈打つ怒張の感触、肉の味を口内で感じながら、ゆっくりと呑み込んでいく。

「さ、桜さん……!?」

頬をへこませながら肉の槍を根元まであっという間に頬張ってしまう。

久しぶりの男根。久しぶりのフェラチオ。

身体がぽうっと温かくなり、モジつかせてしまう。

(オスの濃い臭いが押し寄せてくるっ)

ドロッと我慢汁がこぼれるたび、舌で掬《すく》うように体液をしゃぶりとる。

「チュッ……ングッ、ングッ……チュパァッ……レロッ、ヂュッ、ヂュッポ!」

頬をへこませながら、舐《ねぶ》り回す。

桜の口の周りはあっという間にヨダレまみれになった。

「どう、健児。私の口の中は?」

「はぃ! すごくいいですっ! と、蕩けてしまいそうで……!」

健児は腰をガクガクと戦慄かせれば、ペニスの引き攣り具合が口内粘膜にいやらしく染みてくる。ますます濃厚な我慢汁が染み出た。

「フェラチオをされた経験はそんなにないみたいね。んぎゅっ! ぎゅっぽぉっ!

んぢゅっ！　ぢゅるるぅぅっ！」

逸物を唾液まみれにさせながら、桜は貪欲に吸い付く。

唇でくびれを締め付け、尿道口を舌先でつつき回す。

「うああっ！　さ、桜さん……っ！　ほ、本当は僕があなたをもてなさないといけないのにっ！」

「んぢゅっ、んぐ、んぐっ、大丈夫っ！　こうして吸い尽くしているだけで、私は幸せなんだからぁっ！」

舌で裏筋を擦れば、

「うぅぅ！」

健児は過敏《かびん》な反応を見せると同時に、どろりと我慢汁が分泌された。

(しゃぶり甲斐のあるち×ぽねっ)

口内でビクビクッとペニスが膨れあがる。

(あぁ、この匂い……分かるっ。オスが限界を迎えて、射精する寸前の匂い――)

瞬間、びゅるびゅるる！　と、精液が勢い良く噴き上がった。

「んんぐっ……ぐっ……むふっ……ぐびっ、ぐびっ……ンンッ……」

噎《む》せ返りそうなくらい濃厚な子種をごきゅっ、ごきゅっと一滴《いってき》も逃さぬよう丁寧に嚥下《えんげ》していく。

　お腹が燃えるように火照ると同時に、女としての充実感が全身に広がっていった。

(久しぶりのオスのホルモン汁、最高……！)

桜は頬を染め、潤んだ瞳で上目遣いに健児を見つめる。

彼は顔をくしゃくしゃにしてしかめ、肩を大きく上下させた。

桜が顔を引っ張り上げれば、逸物が力強くしなりながらこぼれ出る。

「ふふ、あんなにたくさん出したくせに、まだまだガチガチに硬いままなのね。さすがは若いだけある……っ」

　ペニスを軽く爪弾く。

「うぁっ！」

ペニスがビクンビクンと打ち震えながら、ザーメンの残滓《ざんし》をとろとろと滲ませた。

「えっと、それじゃ、今度は僕が……」

恐る恐るという風に健児は言うが、桜は「お風呂から上がって」と指示する。

「わ、分かりました……」

次に桜に、仰向けに寝そべるよう言われた。

「これくらいしなきゃっ」

桜はいきり勃《だ》ちの上に、のしかかる。

ズブズブッ！

「あああああんっ！」

雄々しい男根がみるみる桜の膣内を押し広げながら、深い場所にまで達する。

さっきから自分勝手な真似ばかりしていると思いながらも、相手もそれくらいは承知の上だろうと肉悦を貪った。

「こ、この硬さ、あぁっ……んぅうっ……オモチャじゃ味わえない本物のち×ぽを咥えてるって感じっ……アァァンンンッ!!」

桜は下腹を撫でながら艶然《えんぜん》と微笑んだ。

ペニスが根元まで埋まれば、お尻に力を入れて、柔らかな壁で肉棹を締め付けた。

桜の重みが腰にかかると同時に、ペニスがぬるぬるの柔粘膜に締め付けられる。

「さ、桜さん……っ」

本来であれば健児のほうが桜に奉仕しないといけない立場なのに、さっきから翻弄《ほんろう》されてばかりだ。桜はたわわな双乳をぶるんぶるんと悩ましげに揺らしながら、柳腰をクネクネとくねらせ、蠱惑的《こわくてき》なダンスを披露した。

膣肉とペニスが絡み合うたび、グチュグチュと糸を引くような音と一緒に、泡立った体液が滲んだ。

「あ、あぁっ！　やっぱり口に咥えた時と同じように、健児のち×ぽがブスブス刺って……すごいぃっ！」

桜は足をM字にすると、腰を前後に揺らす。彼女が全身を使ってペニスを貪るたび、下膨れしている乳房がたぷったぷっとダイナミックに弾んだ。

色白の肌で咲き誇る乳頭は尖りきっている。

健児は目の前でたわむ乳房をむんずと握りしめた。

「健児！　ぎゅうぎゅうって私のおっぱいを握りしめて！」

要望通り、胸を握りしめ、小石のように硬くなった乳頭をつねりながら、自分の方から腰を密着させた。

「アアアアアアンッ!!」

桜が小さく背を弓反らせれば、頭の上でまとめた髪が広がり、濡れた裸身に艶やかに絡みつく。

ペニスで膣内の奥の奥まで貫き、叩きつけた。

ブチュッ！　グヂュッ！　ズヂュッ！　ヌチャッ！　愛蜜の雫が飛散する。

「はあんっ！　はあぁぁっ！　もっと突いて！　私のおま×こを掻き混ぜて、子宮をズンズン貫いてっ！」

桜はまるでケモノみたいに、健児の怒張を貪った。

艶《なま》めかしい声が広々とした浴室に反響する。

「桜さんのあそこ、僕のをすごく締め付けて……吸われるぅぅ……っ！」

「と、当然よっ！　私のおま×こは久しぶりのオスのち×ぽに昂奮してるのっ！　もっと吸い付いて、しゃぶりまわしてやるわ！」

ヒダがにゅるにゅる絡みついて男根を舐り回し、根元から先端にかけて絞られてしまう。

蠕動する媚粘膜に促されるように、健児は勢い良く腰を叩きつけた。

「そ、そう、健児にメチャクチャにして……ぁあっ……か、感じるぅ！」

桜は上半身を倒すと、健児の胸におっぱいを密着させてくる。

痛いくらい勃起した乳首に突かれるとゾクゾクした。

桜が、健児の唇を奪う。

舌を絡め、下半身を密着させれば、全身がたちまち汗だらけになる。

「んちゅっ……れろっ……桜さんの舌、可愛いです。僕が吸い付くと、プルプル震えて……あぁ、桜さんのあそこがますます締まるっ！」

腰を勢い良く叩きつける。

「ンフゥッ!?」

桜は一瞬驚いて身動《みじろ》いだが、それでもペニスを咥え込んで離してくれない。

「ね、ねえ、健児。あなたって学生？」

「そ、そういうことは話せないルールで……」

「ふふ。私はね、高校の教師をしてるの。だから健児とこうしてエッチしていると、本当に学生とエッチしているみたいで昂奮できるのっ……あぁぁあんっ！」

身悶え、胸を波打たせ、桜は腰を動かす。健児は大きな手で桃尻を握りしめ、指を食いこませ、近づいた子宮口を男根で抉った。

「あああんっ！　はぁあっ！　んんっ！」

腰を動かすたび、桜は喘ぎを我慢できないという風に嗚咽した。

ペニスが、ぐぐっと膨張する。

同時に肉壺がビクビクッと微痙攣を紡《つむ》いだ。

「健児！　わ、私……！」

「桜さん、僕……出ますっ！」

「きてきてっ！」

激流のようなザーメンを桜の膣穴めがけ迸らせた。

「あああああっ！　健児の熱いのが来るぅぅっ！　イクッ……イクウゥゥッ！」

溢《あふ》れるくらい夥しい量の樹液が逆流して、繋がった場所は体液まみれになる。

「はあぁっ……ああっ……健児の精液でお腹がパンパンになるうっ……。熱い牡汁で、お腹がいっぱいイッ……ンンッ」

桜は目元を紅潮させ、うっとりとした顔をする。

「んん……っ」

桜は健児の胸板に手を置くと腰を億劫《おっくう》げに持ち上げた。ズルッズルッとペニスが露わになると同時に、ドローッと糸を引きながら白濁汁がこぼれた。

「はあぁぁぁ……っ」

桜は柳眉をたわめ、長い睫毛《まつげ》をふるふると揺らしながら感じ入った声を漏らす。

熱い精液がささくれ立った膣壁を伝いながら逆流する感触に、内股になりながら絶頂してくれたようだ。

「……ありがとう、健児。これで十分すぎるくらい満足できたわ……っ」

桜はその場に尻もちをつくように脱力した。

「まだですよ」

「えっ……。う、うそ……っ」

桜は唖然としていた。

健児が突きつけた股間は、力強いままだった。

(麻子さんが言ってたこと、本当だったんだ……)

――『精力の湯』には、勃起の持続力が飛躍的に高まり、女性の感度を上げる効能がある
「まだまだ桜さんを満足させられますっ」

健児は、桜に覆《おお》い被《かぶ》さった。


「まだ出来るわけ？」

桜は予想外のことに混乱してしまう。

これまで何人もの男と経験してきたが、二度出しても力強いままなのは初めてだ。

「まだまだ桜さんを満足させられますっ」

仰向けに大の字の格好で横になっている桜に覆い被さってきたかと思えば、てらてらとヌメ光る秘裂へ鋼《はがね》のように硬い剛直を押し当ててきた。

「あぁンンッ」

桜はびくんっと全身を戦慄かせる。

「ね、ねえ健児、まだイってる最中だから……っ」

「大丈夫ですっ。ちゃんと気持ち良くしますからっ」

「私が大丈夫じゃ……ひぃいんッ!?」

本気汁まみれの肉洞めがけ、ペニスがズブズブと押し入ってくる。

男根はまるで一度目のエッチかのように硬い。

「あああぁんんっ！」

子種の濃厚な気配に下りてきた子宮口を力強く突かれてしまえば、手足の指をぎゅっと丸めてしまう。挿入した健児はたぷたぷと大きく波打った右乳の乳首に吸い付きながら、左胸を激しくまさぐり、さらに腰を前後に振った。

「ヒイイイイン!!　そ、そんなに腰を振られたら、精液が掻き出されちゃう……！」

繋がった部分で子種が泡立ちながら流れ出る。事前に薬を飲んで妊娠しないとはいえ、せっかくの精液はしっかりとお腹で留《とど》めたいという気持ちは強い。

「んん！」

唇を塞がれた。正常位で胸を圧迫され、秘処を激しい抽送に晒《さら》されてしまう。

健児のパンパンに膨らんだ玉袋が、桜の会陰《えいん》を何度も叩いた。

「あん！　はああんっ！　あああ！　す、すごい硬いわ！　イき続けたおま×こがビリビリ痺れちゃう……ううううんっ！」

「桜さんのおっぱい、気持ちいいですっ。触って、揉みくちゃにして、しゃぶって、それだけで昂奮できますっ！」

自分の胸がまるでオモチャのように乱暴に扱《あつか》われているのに悦びが高まってしまう。

「け、健児ぃっ！」

唇を離そうとする健児の顔を掴むと、貪るような口づけを要求する。

舌を絡め、唾液を啜り合い、下唇や舌先に吸い付く。

「健児のち×ぽでめちゃくちゃに貫かれて、おま×こ、壊れちゃう！　それでももっと突いて欲しい！　おかしくて欲しいのッ！」

健児は楔《くさび》を打ち込むように桜の膣肉を乱暴に掻き混ぜ、

「ううう！」

暴発も同然の勢いで樹液を解き放った。

「いくうううぅぅ～～～～っ!!」

目の前がチカチカし、全身を浮遊感が襲う。

硬さだけではなく、解き放った樹液の量も最初と遜色《そんしょく》なかった。

「ああ……す、すっごく出てるじゃないぃっ……どっくん、どっくんって、あなたのち×ぽがビクビク脈打って……っ」

桜は下唇を噛みながら、双眸《そうぼう》をとろんとさせる。

膣内を貫いている男根が射精の余韻を残しながら、ビクビクと震えていた。

そして、そのペニスにはまだはっとしてしまうような芯があった。

「ま、まだ……っ？」

「はい。まだ僕は足りませんし、桜さんを気持ち良くしきれてませんっ」

「あ、で、でも……もうこれ以上、おま×こをグチャグチャにされ続けちゃったら、頭がおかしくなっちゃう……」

度重なる絶頂のせいで、頭の中がぼうっとしてうまく考えられない。

自分で何を言っているのかもよく分からず、舌足らずになった。

オルガスムスの余韻は肉体を焦《こ》がし、今も健児のペニスを締め付け続ける。

「まだやれますっ」

「らめえ……ぇ！」

健児は、桜に右向きの横臥の体勢を取らせた。

桜はもう息も絶え絶えな表情ながら、健児の男根がまだ力強いことを知ると、

「らめぇ……ぇ！」

そう牝の声を漏らした。

健児は子宮が下りてきている彼女の膣内を男根で掘削しながら、彼女の左足を力強く抱きしめる。すべすべして、程良く筋肉質な美脚だ。

そのまま横臥の格好で犯す。

「桜さん。身体、柔らかいんですね」

「い、今はそんなことどうでも……あああんっ！」

桜は惑乱し腰を逃がそうとするが、健児が右足を抱きしめているせいで逃げようがなかった。

「もう許してぇ！　健児、も。もうおかしくなっちゃうからっ……おま×こがぐぢゅぐぢゅに爛《ただ》れちゃって……！」

桜と繋がっている場所は染み出す愛液と、立て続けに解き放った樹液とが絡み合ってぬかるんでいる。

桜も立て続けに昇り詰めて辛いだろうが、健児もいつまでも疼き続けている股間に

辟易《へきえき》していた。しかしもっと桜の秘処を貪りたかった。

本来なら桜を癒やすべきなのに、彼女を追い詰めてしまっている。

健児は桜の足の指を、「あむっ」と口に含んだ。

「ひぃんっ！」

桜はいやいやと頭を揺らしながら、イってしまう。

肉の輪っかがますます肉棒を締め付ける。

「桜さん、足の指も敏感なんですね」

「んんっ……ふ、普段は違うのにぃっ……んっ、い、イきすぎちゃって、全身が過敏になっちゃってるのぉっ……っ」

「もっと気持ち良くしますっ！」

腰を勢い良く叩きつける。

「あああ、刺さるぅぅぅ!!」

蕩ける肉壁をゴリゴリと抉り、抜けそうになるや再び挿入する。

「ふ、深いぃ！　もう感じたくないのにぃっ……あひぃっ……ち×ぽが突き刺さると、感じちゃう！」

桜の乱れた髪が汗ばんだ肢体に絡みつく。

桜は身震いし、嗚咽する。力強い腹筋が、ペニスをますます締め付けた。

と、健児はさらに体位を変え、バックになる。

「ぁあっ⁉　け、健児……⁉」

健児のペニスが挿入される。

「あぁぁぁぁ、くるぅぅぅぅぅっ‼」

突然のバックからの挿入に、桜は上半身を仰け反らせた。

美巨乳がぶるっぶるっと上下に弾み、汗の雫が飛び散る。

健児は逆ハート型の見事な形の水蜜桃を握りしめる。

「ひぃんッ！」

大福のようにふわふわした臀丘を赤く手の痕《あと》が残るくらいこねまくれば、窄《すぼ》んだお尻の穴がヒクヒクしていた。

「桜さん、すごく感じてるんですね！　おま×こが僕の精液と桜さんの本気汁でベトベトだし、僕が腰を動かすたび、お尻の穴がヒクヒク反応してるっ！」

「い、言わないでっ！　お、お尻の穴なんか見ないでぇ！」

桜は両手でお尻の穴を隠そうとするが、健児はそうはさせまいと子宮口を荒っぽく突き立てた。

「ぁあああああンンン!!」

バックスタイルのまま桜は前のめりになった。

豊満な乳肉が床で潰れて、ほっそりとした身体のラインからはみだす。

高くかかげた桜の大きなヒップを弾くように、立て続けに肉棒を前後に動かす。

ヌチャッ！　ヌッチャッ！

仄《ほの》かに紅潮した白いお尻の表面に、たぷったぴっと波紋が立つ。

ペニスの周りには白い露がべっとりと絡んで、陰毛にも体液の雫がはりつく。

「もう……限界、ですっ！」

睾丸が上に上がり、腰が引き攣る。

「うう……はあぁ、あぅッ！」

イきすぎて、桜は満足に言葉を紡げない。

「出ますッ！」

ぬるぬるの牝壺めがけ樹液を解き放った。無数のヒダが伸縮しながら、根元から先端にかけて蠕動に包まれて一滴残らず搾り取られてしまう。

「イクッ！　ぁあ、ああっ、はあっ……イクウゥッ！　おおおお……!!」

叫んだ桜は糸の切れた操り人形のように、がっくりと床に倒れた。

「はあぁ、はあぁ……ァア〜……」

ペニスを引き抜けば、桜の背中が強張《こわば》り、大量の樹液がどろどろと溢れる。

「もう、む、無理……っ。い、イきすぎちゃって……ンッ……ッ」

桜は呆然とした目つきで健児の股間の目に留めるや、身体を起こすと、尻もちをついていた健児の股間にとびつく。

「桜さん……!?」

「エロォッ……レロッ……チュパァッ……チュ、チュッ……」

桜は小鼻を膨らませながら、陰茎をアイスクリームのようにむしゃぶった。

「いいのっ、お掃除させてぇっ」

尿道から滲む精液をチュッと啜る。

棹だけでなく玉袋まで余すことなく、舌や唇をつかって綺麗にしてくれる。

桜の整った顔立ちに陰毛が触れるのはグロテスクな光景だったが、それでも彼女は嬉々としてしゃぶってくれた。

「うぁ！　桜さん、すごい……！」

「ヂュッポッ、ヂュピッ、ヂュルルルルッ！」

「うう、すごくいい、です……」

ちゅぴっ、という音と共に、桜は肉棒から口を離す。

「はぁぁ……」

桜はうっとりとした溜息をこぼすと、上目遣いで健児を見た。

健児もその瞳を見返す。

「今日の僕のご奉仕はいかがでしたか？」

「すごく満足できたわ……っ」

桜は下唇についた子種をぺろりと舐め取った。

「今日もお疲れ。お客様は大変満足されてたわ」

「良かったぁ……」

麻子に言われ、健児は胸を撫で下ろした。

「実は桜さんにやられっぱなしって感じで……」

「ふふ。でもお客様は満足してたわ。お客様がどう思うか。それが大切なのよ。――ね、お茶でも飲む？」

「でも営業中だよ？」

「今日は比較的空いてるから大丈夫。もし忙しくなったら、その時はその時」

「うん、分かった」

促され、事務所でお茶を飲む。

「最近、大学はどう？」

「順調だよ。授業は楽しいし、麻子姉のお陰で勉強にも遊びにも集中できるし……」

「良かった。……それで、恋人は？」

「そ、それは無理だよ。色々と忙しいし」

「あら。せっかく若いのに楽しんでないの？　あ、もしかしておっぱいの大きな人たちとエッチしすぎて、恋どころじゃない？」

「そんなことないよ、本当にっ！」

「冗談冗談」

麻子は笑った。

いつも健児はこうして、麻子の手の平で転がされっぱなしなのだ。

麻子はじろっと、健児を見つめる。

「言っておくけどお客様とは恋愛関係ではないからね？　お客様はあくまで、本来の自分を取り戻す為《ため》に来ていらっしゃるんだから」

「それも分かってるよ」

と、健児は麻子の左手の薬指が目の端に映った。

そこには何もはまってなかった。

慌てて視線をそらす。

「え、えーっと……」

何を話そうか分からなくなって、頭が真っ白になってしまう。

「これ？」

お見通しとばかりに、麻子は左手を突きだして見せる。

健児は動揺を隠すのを諦《あきら》めた。

「……指輪をはめてないんだねっ」

健児は今さら気付いたように言った。

「外したの。もう、どんだけ誤魔化すのが下手なの？」

「え、それじゃあ……」

「別れてはないけど、ね。あのバカが浮気してるの、分かっちゃったのよね〜」

麻子はあっけらかんと言った。

「浮気!?　誰と!?」

「なあに？　いつからそんな週刊誌の記者みたいになったの？」

「ち、違うよ。僕は心配して……」

「分かってる。心配してくれて嬉しいわ」

「……どうして別れないの？　まだ好きなの？」

「まさか」

麻子は笑った。

「でもまさか浮気までしてるなんて、びっくりしたわ。いよいよ別れないとって思ってね……」

「絶対に別れたほうがいいよっ。どうすればいいのか分からないけど……。でも何か助けが欲しい時は力になるから！」

「ありがと。健児にそう言ってもらってお姉さんは嬉しいわ」

よしよしと頭を撫でられると嬉しくなってしまう。

恥ずかしくなって、「もういいからっ」と、やんわりとやめさせた。

「ふふ。小さかった時はすごく喜んでくれたのにっ」

「僕はもう大人だから」

「そうね。子どもの頃のあの可愛かったおち×ちんじゃもうないものね」

「麻子姉!!」

「はいはい。あなたは立派な大人です。これでいい？」

「……色々引っかかるけど、もうそれでいいよ」

と、業務用の電話が鳴り、麻子は出る。

健児が手振りで『もう行くから』と伝えれば、麻子は手を振って応えてくれた。

第四章　潮吹きの湯〜幼馴染・麻子

　年末も近づいてきたある日の午後。麻子は掃除に励んでいる従業員たちを眺めながら、フロアを見て回っていた。

「雑談はいいけど、手を動かしてね」

　そんな注意をしつつ、館内を回る。

「麻子姉」

　大浴場を覗くと、シャツの袖とパンツの裾をまくり上げた健児が笑顔で振り返る。

　自然と麻子も笑顔になった。

「頑張ってるわね」

「お客さんが疲れを癒やす場所だからねっ」

「そこが終わったらついてきて」

「わかった。もう終わるからっ」

その後、麻子は五分ほどで見回りを終えて、事務所で健児と合流した。

エレベーターに乗り込むと、鍵穴のついたフタに鍵を差して開けて『八階』のボタンを押した。

「もしかして、お客様？」

「違うわ。上の階のお風呂の掃除をお願いしたいの。健児がしっかりと真面目に働いてくれてるから、そろそろここを任せてもいいって思ってね」

「頑張るよっ！」

「期待してる」

お風呂場へ入ると、健児はびっくりした顔をする。

「ここって、すごい広い浴槽だったんだ……」

「いつもエッチばかりでよく見てなかった？」

「え、あ……ま、まあ……」

健児は耳まで真っ赤にした。

「お願いね。私は事務所に戻ってるから」

事務所に戻った麻子は、事務仕事をはじめたが、すぐに電話がかかってきた。

「はい」

――麻子？

声の主に「ああ、母さん？」と声が暗くなってしまう。

――なあに、その声は。失礼ねっ。

「ごめん。それで、どうかしたの？」

――親が用がなきゃ電話したら駄目なの？　――もう。『百花』の方はどう？

「すごく順調よ」

――あっちも？

「ええ。新しく見初めた人を何人か招待したし、そのお客様方にも満足して頂けたわ」

――健ちゃんはどう？　大丈夫そう？

母からすれば健児は我が子同然で、女性達の相手をさせることに最初こそ反対したが、真澄が気に入ったということで仕方ないと渋々認めてくれたのだ。

「そのお客様たちを満足させたのが健児よ」

――そう。……ねえ、麻子。もうさっさとあのぼんくらとは離婚して健ちゃんと結婚しなさいよ。あの子、あなたのことが好きよ。

溜息をつく。

「馬鹿言わないで。こんなおばさんと結婚したら健児が不幸になるわ」

——そんなこと言っても、あなたは幸せじゃないんでしょ？

そこへ従業員が清掃が終わったと言ってくる。

「仕事があるからもう切るねっ」

麻子は母の返事も待たず、電話を切った。


『百花』は深夜0時に営業が終わる。従業員たちを見送り、最終的な点検を終えて、麻子はそばの駐車場に停めてある車に乗り込んで帰宅した。

自宅があるのは住宅街のマンション。その最上階の部屋。

ドアノブを回しても、開かない。

ドアに鍵を差して開けると、籠《こ》もった空気の匂いがした。

沓《くつ》脱ぎに夫の靴はない。

「はぁ……」

どうせ今日も、夫は帰らないのだろう。今頃麻子ではない別の女とイチャついているに違いなかった。

麻子は大学卒業後、とある大手企業に就職した。

そこで新人の教育係としてを任されたのが五歳年上の先輩——それが夫だった。

結婚してから麻子は専業主婦になった。

夫が帰宅するのを待って一緒に夕食を摂り、夜の生活を営む。

代わり映えがしないと言ってしまえばそれまでだけれど、幸せな日々だった。

でも、いつからかその生活に影が差し始めた。理由は分かっている。子どもだ。

いつまでも子どもが産まれなかった。夫が夫の母親から孫のことで、麻子の嫌味を言われているのは何となく察していた。

でも夫は麻子には何も言わなかった。

それを優しさだと思っていたけれど、違った。

夫は麻子に何かを言うことを厭《いと》うくらい、愛想を尽かしていたのだ。

きっと麻子が気付かないだけで、これまで何度も浮気をしていたのかもしれない。

自分の部屋に入り服を脱ぎ捨てると、下着のままソファーに寝そべった。

下着ごしの胸に触れる。

ハーフカップブラからこぼれそうなくらいのふくらみも、虚しいばかり。

「ん……ッ」

身体がぴくんっと震える。色白の肌がぽうっと赤らんだ。

(多くの女性が本来の自分を取り戻す為に世話をする私が、こんな生活だなんて……説得力がないわね)

下着のクロッチを二本の人差し指ですりすりと撫でるように刺激すれば、

「んんぁっ」

鼻にかかった声が漏れた。

じゅわっ……。蜜が二重布部分に染み出した。

それを指で馴染ませるように動かせば、クチュクチュとしっとりとした音が一人には広すぎる部屋に響きわたる。

麻子は手探りであるものを手にした。

それはピンクローター。安っぽいプラスチックのオモチャ。

スイッチをオンにすると、ブブブブッと小刻みに震動した。

「……っ」

ごくりと生唾を呑み込む。

ブラを外し、ピンと勃起した乳首に押し当てた。

「あンっ」

自分を焦らすように右胸をなぞり、そして乳首をかすめる。

「んん！」

今度はローターを左へ移動させた。

「はあぁっ、あぁっ……んんっ」

久しく触れられていない身体はちょっとした刺激だけで、カッカと燃えるように火照り出す。

その火照りが下腹の辺りに移動すれば、秘裂がジクジクと強く疼く。

とろりと滲んだ蜜汁がシーツに黒い汚れを作った。

「ああ……」

胸をくすぐれば、子宮がキュンキュンと引き攣ってしまう。

「そ、そこに触れてっ……胸が弱いの……っ」

麻子は頭の中で別の誰かに触れられているような妄想を描き、乳首を押し潰すように刺激した。

「アアアン！」

身体を震わせれば、ソファーがギシギシと軋《きし》んだ。

ローターでお腹を撫で、ヘソに触れる。

「あ、んっ」

鼻にかかった声を漏らしながら、空いている左手でショーツを脱ぎ捨てた。

「もう、ぐちょぐちょに湿ってる……っ」

恥丘には綺麗に整えられた蜜毛が繁っている。

恥丘を撫でるように動かし、ピンク色のスリットをローターでなぞった。

「アアンッ！　イィ！　もっと擦ってっ！　私のヌルヌルのおま×こをもっといじめて！」

足の指を丸め、湿った息遣いを弾ませる。

（あぁぁ、あなたの舌が私をどんどん発情させるっ。おかしくなっちゃう！）

恐る恐るクリトリスをローターで刺激する。

「はああ、あああ……」

滲んだ蜜汁がローターで掻き混ぜられて、糸を引くような粘り着いた音が奏でられた。

「アアアッ、ハアアッ、ンンンッ……」

下半身をぐぐっと持ち上げる。

ほとんど爪先立ちになり、陶酔感に身を任せた。

（く、くるっ、きちゃうぅ……！）
ビクビクと全身に痙攣が走る。
「イクゥゥ……ッ」
身悶えながら昇り詰めてしまう。
と、頭の中でずっと麻子を刺激していた相手の顔が明らかになる——。
（健児!?）
はっとして起き上がった。全身汗だくだった。
「はぁっ、はあ……っ」
肩で息をする。どっと疲れが出てしまう。
（私、なんて妄想をしてしまったの……）
知らず知らずのうちに健児に犯されることを考えてしまうなんて。
絶頂感の気怠さのせいで動くのが億劫だ。
そのまま、麻子は眠りへと落ちていった。

起きた時には、ずいぶん日が高かった。
まだ疲れが残っているが、シャワーを浴びて服を着替える。

麻子は『百花』に出勤する前に買い物をしようと外に出た。

その途中、麻子は繁華街の方へ向かっているカップルに目を留めた。

(あれは……)

女性は見たことはないが、男の方は健児だった。

女性にリードされ、健児のあたふたしている様は微笑ましい。

(へえ、健児の奴、なんだかんだうまくやってるじゃない)

いつまでも子どもだと思っていた健児はすっかり一人前の男になっている。

(成長しないのは私の方かな……？)

麻子は自嘲《じちょう》しつつ、車を発進させた。


翌日、健児が事務所に顔を出すと麻子は思わずニヤついてしまう。

「ど、どうかしたの？」

健児は麻子の反応を訝《いぶか》しむように言う。

「昨日のあの人は誰？」

「え、昨日って？」

健児の目が分かりやすく泳いだ。

「一緒に歩いていた女の子」

健児がびくっとした。

「あ、いや、あれは……」

「彼女？」

「違うよ！　ただちょっと遊ぼうって言われて、カラオケに行っただけだからっ」

「最近の女の子は積極的ね」

「……ど、どうかな」

目を逸らした。

「健児。あの子のこと好きなの？」

「……友だちとしてはね」

「健児とエッチしたら、うますぎて驚いちゃうかもね」

麻子がからかうように言えば、健児はなおさら慌てふためく。

「な、なに言ってるんだよ……！」

「だってあれだけの若妻たちを相手にして満足させてるんだから……」

「もう、からかわないでよ」

「ま、頑張って。これ鍵。今日も八階のお掃除、お願いね」

「分かった」

鍵をふんだくるように摑むと、健児は早足で部屋を出ていった。

(本当に健児をからかうのは楽しいわね)


「また明日。よろしくね」

着物からいつも通りのブラウスとスカートに着替えた麻子は、従業員を見送った。

時間はまだ九時近くだが、機器の整備のためにいつもより早めに閉店するのだ。

全員が帰ったことを見届けると、事務所に戻る。

椅子に腰掛け、とあるものを取り出した。

それは男性器を象《かたど》った樹脂製のオモチャ、ディルドウ。

それにたっぷりとローションをまぶす。緊張で手が小刻みに震えてしまう。

経営は気を遣う。プレッシャーやストレスを覚えると、悶々とした心地になり、ひどく肉の慰《なぐさ》めが欲しくなるのだ。

スカートやショーツを脱ぎ捨てて、椅子の上でM字開脚の格好をした上で、ローションまみれのディルドウの切っ先で割れ目を優しく引っ掻く。

「ああっ……ンンッ……はあぁんっ……ンゥウウ……ッ」

陰核を擦り、尿道をくすぐり、そして割れ目にディルドウを押し当てた。

「んぅうっ」

ディルドウは本物のようにゴツゴツしておらず、脈打ちもせず、物足りないが仕方ない。

考えるともなしに頭の中で思い浮かべるのは、女性と一緒にいた健児のこと。

これまで女性たちが健児に満足したことを考える。

他の人はどういうプレイをしたかは分からないが、真澄は言っていた。

——あの子のち×ぽは最高だったわ。長さも太さも硬さも。それから私にのしかかった時に見せた、快感を必死にこらえようとしてる顔も、まるでこっちを挑発してたみたいだった。

(健児のはこれよりもずっと……)

頬を火照らせながらディルドウを挿入する。

「あああああンンン!!」

セミロングヘアの毛先を躍らせ、麻子はいやいやと頭を振った。

ズブズブッとディルドウを膣内に埋めていく。

「健児のち×ちんが刺さるうぅぅうっ!!」

足指を丸め、身体を震わせれば、椅子がギシギシと軋んだ。

まるで本当に健児とエッチしているような心地になって、ディルドウを前後に揺さぶれば昂奮した花肉が痙攣する。

「あぁっ、あなたのち×ちん、ズブズブ突き刺さって……っ！　腰がヒクヒクして、蕩けちゃうっ！」

ディルドウに蜜が絡みつく。

抜けば、糸を引きながら愛液が溢れて椅子をたちまち汚した。再び挿入する。

「あああっ！」

乱暴にシャツとブラジャーをたくしあげ、汗まみれの胸を解放する。

ふるんふるんと暴れる胸を押さえるように左手で胸を鷲掴み、めちゃくちゃに揉みしだき、乳首をひねった。

「んんんんんーっ!!」

感電したように電流が背筋を駆け上がり、脳髄を直撃した。

「イク！　イクウウ！　健児ィィィッィィ……！」

恥ずかしげもなく年下の幼馴染の名前を叫び、全身を脱力させた。

下腹でカッカッと燃えるように疼く陶酔感の波は激しく逆巻き続けている。

迷うことなくディルドウを動かし続けた。

健児は、すでに真っ暗になっている『百花』の駐輪場に自転車を停めた。一度帰宅したあとで、エレベーターの鍵を返すのを忘れていたことに気がついたため、わざわざ戻ってきたのだ。

麻子はまだ事務所にいるかもしれないと思い、自動扉の前に立ってみると扉が開いた。

(不用心だな)

麻子らしくない。

事務所に近づくと、「あぁあぁっ」と叫び声のようなものを耳にした。

(麻子姉!?)

扉に飛びつくと、「健児ぃっ!」と啜り泣く声が扉の向こうから聞こえた。

「健児、だめっ! あぁっ……あなたの太いものが私のおま×こを穿《うが》って……小さな頃はあんなに小さくって可愛かったのにぃ……!」

「っ!?」

健児はびくっとしながらも、ドアノブをそっと回し、ゆっくりと扉を開ける。

と、扉側に向かって大きくM字に足を開いた麻子は、秘処にグロテスクなモノを刺していた。

「ああぁっ！　そうっ！　そこぉっ！　ンンンッ！　乳首をコリコリされながら、おま×こをその極太ち×ちんで貫かれちゃうとイってしまうのぉ！　恥ずかしいィッ！　小さい頃に一緒に遊んだ仲なのに、私の子ども時代のことだけじゃなくって、私のいやらしさまで知られちゃうなんて……っ！」

オモチャを出し入れさせるたび、麻子は嗚咽を漏らした。

（あ、あのオモチャ、もしかして男の人の……？）

常に優しく健児にとって優しいお姉さんだったはずの麻子が今一人でオナニーをしながら、あられもなく喘いでいる。

それも妄想している相手はおそらく健児。

健児はケダモノのように煩悶《はんもん》している麻子を目《ま》の当《あ》たりにしながら、ズボンと下着を脱ぎ捨てて怒張を引っ張り出す。

右手で握りしめ、麻子を見ながら扱《しご》きたてれば、あっという間に我慢汁でベトベトになってしまう。

「アアアッ……イィィッ！　イィわッ……健児ぃっ！　もっと突いて、貫いてっ！

私をおかしくしてぇっ！」

長年一緒にいながら、一度も聞いたことのない牝の声。

それはこれまで健児が相手にしてきた、どの女性たちとも違う。

普段から見知っている人だから、余計に背徳感をそそられた。

旦那さんではなく、自分の名前を呼んでもらえれば特に。

(い、イキそう……！)

排泄感が昇ってくる。

「ああっ、健児ぃ！　も、もう……私ぃぃ……!!」

(麻子さん、一緒に！)

次の瞬間、カチャンと金属の音が響き渡る。

鍵を落としてしまったのだ。

「っ!?」

(今、麻子姉に見られた!?)

しかしそんなことを確認するだけの余裕はなく、興奮と後悔を感じつつ、健児はほうほうの態《てい》で『百花』を逃げるようにあとにした。

（……気まずい）

翌日。健児の心は『百花』を前にして、どんより沈んでいた。

原因は言うまでもなく昨日のこと。しかしだからといって休むわけにもいかない。

（普通にしていればいいんだ）

健児は更衣室で着替え、いつものように従業員一同が清掃前に麻子からの伝達事項を受ける。

各人が自分の担当へ向かい、健児もそれに続く。

と、その時。

「ねえ、健児」

「えっ!?　な、何……？」

麻子に声をかけられて驚くあまり声が上擦り、かなり不自然になってしまう。

「今日も『八階』の掃除をお願いね」

「わ、分かった」

「どうかしたの？」

「ううん、何でもないっ」

いつも通りだと自分に言い聞かせたはずなのに、気付けば麻子から逃げるように立ち去ろうとしていた。

「待って。これ」

麻子が呼びかけて渡してきたのは、昨日落とした鍵。

恐る恐る麻子を見るが、彼女は「お願いね」と笑顔で言うと事務所へ消えてしまう。

(ばれてないの、かな……?)

首を傾《かし》げながらも、さっさと終わらせようとエレベーターに乗り込む。

鍵を差してフタを開け、『八階』のボタンを押した。

すぐに到着すると早速浴槽の清掃を始めようとしたが、そこには普段抜かれている
はずのお湯が張られていた。桜のような綺麗なピンク色のお湯だ。

「あ、あれ?」

「——健児」

「っ!」

突然声をかけられ、はっとして振り返る。

「あ、麻子姉……。びっくりさせないでよ」

「ごめんね」

麻子は後ろ手で、浴室の扉を閉めた。

「ど、どうしたの？」

「どうしたって、何が？　心当たりでもあるの？」

「べ、別に……。ねえ、麻子姉。お湯がまだ張ってあるんだけど、これじゃ掃除が……」

「掃除はしなくてもいいわ。このお湯は私たちの為に用意したの」

「わ、私たち？」

「気付かないとでも思った？」

心臓が跳ねてしまうが、健児は必死に平静を装《よそお》う。

「な、何のことか……」

「そうよ、私は健児を想いながらオナニーしてたの。健児も私を見ながら一人でしてたんでしょ？」

「あ、あの、その……ごめんなさい！　鍵を返そうと思っただけで……あの……」

「怒ってないわ。私だってとんでもないことをしてたんだから」

「そんなことないよ！」

「そう思ってくれる？　軽蔑《けいべつ》とかしない？」

「しないよっ！　何をしてたって麻子姉は麻子姉だから！」

「ありがとう。お湯を張っていたのはね、もし健児がそう言ってくれた時のために、用意していたの。健児、今日のお客は私よ」

「お客って……えっ!?」

「いいよね？」

麻子の黒目がちな潤んだ瞳に見つめられると、健児は頷いた。

「ほ、本当に僕でいいの？」

「健児だからいいの」

麻子の手が服にかかると、ついびくっとしてしまい、笑われる。

「なによ。その反応は。ただ服を脱がそうとしてるだけでしょ」

「緊張しちゃって……」

「緊張って、他のお客様の時はどうなの？」

「その時は皆さん、脱いでたから……」

「脱がしてあげるのもプレイの一つよ」

「わ、分かった……」

「それで、この間デートしていた子とはどこまでいった？」

「デートじゃなくって無理矢理引きずられていっただけだって……」

「そう。で、どうなの？　ホテルには誘われた？」

「……誘われたけど、行かなかったよ」

「ふふ。ほら、万歳して。シャツを脱がすから」

健児は頬を赤らめた。

「こ、子どもじゃないんだからっ」

「そうだっけ？」

シャツを脱がされると、すぐに裸だ。

健児は胸を隠してしまう。

「女の子じゃあるまいし」

「恥ずかしいものは恥ずかしいんだよっ」

「いいから腕を外して。──へぇ、結構逞しいんだぁ」

胸に触れられると、ぴくんと反応してしまう。

「からかわないでよ……っ」

「ごめんごめん。じゃあ、下も脱がせるわね」

屈んだ麻子にズボンまで脱がされれば、テントを張った下着を見られてしまう。

「ふふ。ここは元気ね」

下着をおろせば、半勃ちのペニスが麻子の顔のそばにくる。

「昂奮してるのって、私のお陰？」

「……う、うん」

「ありがと。――ね、今度は私の番。脱がせて？」

「う、うん……。でもどうやったら……。――あっ」

麻子に両手を握られると、帯の所まで誘導される。

「私が教えるから」

促されるがまま帯を脱がしていけば、しゅるしゅると落ちていった。

慎重に脱がせていけば最後の一枚――肌襦袢《はだじゅばん》ごしにも、麻子のグラマラスなスタイルが透けて見える。

「これもよ」

「いいの？　僕に裸を――」

「オナニーを覗いたくせに今さらよ」

「だ、だね……」

健児は苦笑いし、とうとう肌襦袢に手をかけた。

丸い肩が現れ、形のいい鎖骨《さこつ》が覗き、そして二つのふくらみがこぼれる。

白い肌に紅を差したように鮮やかな乳首。そこはピンッといやらしく尖っていた。

膨らみは楕円形《だえんけい》で、下弦の方に厚みがある。

肌は張りがあって、乳首は高い位置にあり、角を立てたホイップクリームのよう。

その、今にも吸いつけそうな位置にあるピンクの突起から目が離せない。

「そんなに熱心に見られたら、恥ずかしいわ」

「ごめん！　あ、あの、お風呂に入ろうっ！」

健児は早口に捲《まく》し立てると、かけ湯をして湯船にさっさと浸《つ》かった。

それに続いて麻子もかけ湯をして、健児の隣に入る。

「っ」

麻子は肩を密着させてくる。

吸い付いてくるキメの細やかな肌の感触に、緊張してしまう。

これまでだって女性たちの裸を見ているのに、まるで初めての時のような心地になって目のやり場に困った。

「このお湯の効能は何？」

「そんなのはどうでもいいこと。でしょ？」

麻子が健児と向きあうと目をそっと閉じる。

「あ、麻子姉……」

「きて」

「うんっ」

健児は前のめりになって、唇に応えた。

「んっ……ちゅっ……ちゅぴっ……えろっ……んちゅっ……」

口づけを交わしながら、舌を絡める。

「健児、もっと私の舌にからめてっ……んんっ……もっと、もっとしゃぶって……エロッ、エロッ……んふっ、ぢゅぷぅっ……」

健児が懸命に麻子に応じれば唾液がクチュクチュと淫靡《いんび》な音をたてながら、口の周りをヨダレまみれにした。

麻子が身体を近づけてくれば胸が密着して、ツンと勃った乳首の感触が瑞々しい。

「んんっ!?」

健児は思わず身体を引こうとしたが、麻子は健児を抱きしめて離さない。

麻子の悩ましい表情がすぐそばにある。

昨日のようなケダモノじみたものではないが、十分すぎるくらい官能的だった。

「どう？　私のおっぱいは」

麻子のふくらみはまるでマシュマロのようなふわふわした柔らかさの中に弾力感が

あって、触れあうだけで気持ち良くなる。

と、麻子が唇を離せば二人の間に唾液の橋が架かった。

「はあぁ……っ」

麻子が悩ましい吐息をこぼす。

唇こそ離したが胸は相変わらず密着していて、丸い胸が歪んでいた。

おっぱいの柔らかさと染みてくる温もりとに、下半身にモヤモヤしたものが広がっていく。

（ヤバッ……）

半勃ちだった股間が急速に角度を急にする。と、それが麻子の膝に当たれば彼女は健児にネットリとした眼差しを向けてくる。

「健児、水面にち×ちんを浮かべて」

「は、恥ずかしいよ……っ」

「今さらじゃない？　見せて。大きくなったペニスが見たいの」

健児は浴槽の縁に寄りかかると下半身を浮かべ、青筋のたった陰茎を突き出した。

「想像していたよりも立派ね」

「からかってるの？」

「褒めてるの。だって、小さな頃はこれくらい小さかったのよ？」

麻子は小指を少し立ててみせる。

健児は目を逸《そ》らす。

「そ、そうだっけ……？」

「これだけ立派に大きくなって、それに玉袋も成長しちゃって……。ふふ、健児もすっかり大人なんだ」

「そんなところで成長を実感しないでよっ」

「ゴメンゴメン。……私はどう？　成長してる？」

麻子は立ち上がると水をパンパンになるまで詰めた水風船のようにはちきれんばかりの胸をふるっふるっと小刻みに揺らし、そしてほどよく肉付きのいい洋梨のようなお尻を見せた。

麻子は豊乳を両腕で下支えして、強調する。

透き通るように色白の肌には、うっすらと血管が透けていた。

「……あ、麻子姉も大人、だよ……」

「ありがと」

でもそれは嘘だ。

（昔から麻子姉は十分すぎるくらい大人びたスタイルで綺麗だったから）

と、麻子が不敵な笑みを浮かべる。

「な、何？」

「今、健児のち×ちんが大きく震えたの。エッチなことを考えてたでしょ？」

「うう……」

健児は俯いてしまう。

「ごめんね。からかうのはこれくらいにしておくわ。健児のち×ちん、いつまでもこの状態だと風邪を引いちゃいそうだから、しっかりと温めないと」

麻子は胸の谷間でペニスを挟んだ。

「う……！」

「あぁっ。健児のち×ちん、私の谷間でビクビク震えちゃってる……。それに熱々で、私のおっぱいが火傷《やけど》しちゃいそう……」

麻子は悩ましい表情を見せた。

（麻子姉のおっぱいの柔らかさが、染みこんでくる！）

甘い柔らかさに締め付けられれば、腰が引き攣ってしまう。

「見て、健児。あなたの先っぽ、胸の谷間からちょこんと覗いてるっ」

麻子は目元を赤らめ、鼻にかかった声を漏らす。

「パイズリ、してあげる……っ」

(健児に大きい胸も、硬くなった乳首も、それに昨日はあられもない姿を見られちゃて、もう隠すことは何もない……っ)

健児が昨日のことを言い触らすとは思わなかったが、さすがに彼の名前を叫びながら自らを慰めたことへの後ろめたさがあった。

でも我慢できないし、それに健児のことを考えながら慰めると、不思議と気持ち良くなれたのだ。

(いやらしい変態だって思われても構わない。それでも私は健児のことを……)

健児が悶えれば、麻子は生唾を呑み込んでしまう。

(健児のち×ちん、びくんびくんって震えてるっ。私の身体で昂奮してくれている証拠なのよね)

麻子は胸を上下に揺らし続け、ゴツゴツしたペニスを包み込み、圧迫しながら擦り上げる。

「麻子姉！　ぱ、パイズリって気持ちいい……！」

「そうでしょ？　健児が悦んでくれて良かった」

麻子はパイズリをしながら、谷間からちょこんと顔を覗かせている亀頭冠の尿道口がヒクヒクしているのを見る。

母性本能をくすぐられて、舌で引っ掻くように刺激した。

「麻子姉!?」

「エロッ、チュゥッ、レロォッ、ピチャピチャ……ヂュルッ……」

麻子はオス特有のムッとした臭気を凝縮したような体液を、無我夢中で舐り回す。

（あぁ、しゃぶってるだけでおかしくなっちゃうっ……）

まさか小さな頃から面倒を見ていた男の子の股間をしゃぶっているなんて、以前は想像もしなかった。

可愛らしい弟分。それが健児に対する印象だった。

（でももう立派なオスなのね）

健児が別の女性にこのペニスを挿入することを考えると、嫉妬してしまう。

「あぁっ……ンンッ……ンフッ……」

舐り回す唾液の音に、かすかな喘ぎが混じった。

（ゴツゴツした健児のち×ちんが胸の内側をゴリゴリ擦って……っ。ああ、胸が疼い

ちゃう)

「麻子姉っ!」

健児は腰を前後に動かすが、不自然な体勢のせいでうまく出来ないようだった。

しかし麻子にとっては突然動きだしたことが不意打ちになって、

「ああんっ」

と、甘い声を上げてしまう。

「麻子姉? 僕が動いたから、感じたの?」

「だ、黙りなさいっ」

麻子はペニスの先っぽを口に含んだ。

頬をへこませて吸い付けば、健児はますます悩ましい顔をするが、麻子のなすがままにはならない。

張り出した笠で乳肌を擦ってきた。

「ンンンッ!」

快感が背筋を駆け抜け、太腿をぎゅっと閉じ合わせてしまう。

肉悦は疼きとなり、ますます乳首をヒリヒリさせた。

(自分で乳首をいじるなんて恥ずかしいのに、いじらないとウズウズして、どうにかなっちゃいそう！）

　こんな姿を健児に知られたくないと思いながらも、我慢出来ない。

　麻子は乳首をまさぐる指先に力を入れながら、熱心にペニスを頬張った。

「ンンッ……うぅうぅうぅんッ……！」

　頬をへこませながら肉棒にしゃぶりつき、頭を上下に弾ませる。

　絡み合う唾液が掻き混ぜられ、激しい動きに湯船が波打った。

　口の中でますます、ペニスが膨張する。

「あ、麻子姉……っ！」

　健児が身体を小刻みに震わせ、辛そうな顔をする。

　苦しいのではないのはすぐに分かった。

　麻子は小刻みに頷いた。

　さっきよりもずっと精液の気配が濃厚になる。

「出して！　健児、私の口の中に出して……！」

　次の瞬間、どぴゅっ、どぴゅっと勢い良く樹液が喉奥《のどおく》めがけ飛び散った。

「ンンンン！」

　健児は献身的でありながらどこか初々《ういうい》しく、そして優しい。

（まだ始めて間もないのに何人もの女性が気に入るわけね）

麻子は口の中に溜めていた樹液をごくりと、たっぷりと時間をかけて呑み込んだ。

「健児の精液って、中に出してもらったら一発で孕《はら》みそうなくらい濃いわね」

「な、何言ってるのさ……」

麻子は精液の残滓と、麻子のヨダレで汚れているペニスをやんわりと握りしめ、指先で裏筋をくすぐる。

「あ、麻子姉。僕……っ」

「私も……したいっ」

「ありがとう。でもその前に、麻子姉の準備もしなきゃ」

「準備？」

「来て」

健児は腕を引かれ、浴槽の外に出た。

そこで足を放り出すような格好で座らされる。

「な、何するの？」

好奇心と期待で、鼓動が激しく高鳴った。

「こうするんだよ」

健児は股の間に身体をねじこんできた。

麻子の秘処は、ムッとした蒸れた牝の臭気を漂わせていた。

「えろっ」

「ああああん！　け、健児ぃっ！」

麻子の秘処をしゃぶると、彼女は大きな反応を見せてくれる。

麻子の花蜜の味は濃厚で女臭い。

それが健児の劣情を煽る。

ついさっき解き放ったばかりだというのに、早くも漲ったモノはビクンビクンと戦慄いてしまう。

麻子の秘肉は綺麗なサーモンピンクで、クリトリスはピンと勃起している。

膣穴はひくひくと小刻みに引き攣っていた。

「麻子姉のここ、いやらしい形をしてるね」

「んんっ……お、女のあそこなんてどれも一緒よっ。どうしてそんな恥ずかしいことを言うのよぉ」

「さっきのお返し……ちゅっ」

「あぁぁあああ！」

クリトリスが一際《ひときわ》反応が良かった。

少しずつゆっくりと、牝肉を味わう。

すぐにとろとろと卑猥な蜜汁が滲んできたのを、「ヂュルルル！」と唇と舌を使いながらしゃぶり、再び陰核を責める。

「アア！　だ、駄目ッ！　け、健児、なんでそんなに丁寧にじっくり……うまいのぉっ!?」

「女性に悦んでもらえるように練習したから。麻子姉も悦んでくれてる？」

「ええ、よ、悦んでるっ！　こ、こんなにおま×こをしゃぶられちゃったら、悦ばない牝なんていないわよ……！」

「悦んでくれて嬉しいっ」

健児は膣穴に、右手の人差し指を挿入する。

「ンンン！　男の人の指、ね……。女とは全然違う……。太いのはもちろんだけど、節くれ立ってて……」

健児は指を前後に動かしながら、啄むようにクリトリスを刺激する。

「ああッ」

指がもぎとられてしまいそうなほどの膣圧に襲われた。

健児は嬉しかった。

それだけ麻子が悦んでくれているから。

「んちゅっ、れろ、れろっ。麻子さんのおま×こ、いやらしい匂いがして……すごくエッチだよっ」

「指と舌でまさぐられて……ンンッ……腰が蕩けちゃうっ」

麻子は身悶えながら自分から右手で割れ目を広げ、もっといじめて欲しそうに腰をクイックイッと動かす。

「麻子姉、とろけてっ。もっといやらしい顔をしてっ」

「ああああ、け、健児！」

不意に健児は麻子に頭を抱えられ、顔を秘処に押しつけられた。

「んんっ!?」

蒸れた牝の臭気が雪崩《なだ》れ込んでくる。

「健児の熱い息遣いが染みるぅう……ンンッ……ゾクゾクしちゃう……アアッ……！だ、だめっ！　もう、きちゃううっ！　健児、イっちゃうっ!!」

「いいから！　イってっ！　さっきの僕みたいにっ！」

「イくっ！　イっちゃうっ！」

麻子が身悶えた瞬間、
プシュアアアアアアアッ!!

健児の顔めがけ勢い良く透明な汁が噴き上げた。

「うわっ!?」

「ハァ、ハアッ……ご、ごめん、健児ぃ……」

麻子は苦しそうな、ぼんやりしたような声で呟く。

「こ、これ……」

「潮《しお》、よ。聞いたことくらいあるでしょ？」

「AVだけのものだと思った……」

「実はね、この温泉は『潮吹きの湯』なの。ここに浸かった女性は、潮吹きしやすくなっちゃうの……っ」

「そ、そんな効果があったんだ……」

「でもイけたのは健児のお陰だから……。で、でも、やり過ぎよっ」

「ごめん。でもこれくらいやったら、すごくほぐれたよね？」

「んんっ……」

麻子は潮まみれになった膣穴を強調するように、健児に向かって腰を持ち上げた。

「来て、健児！」

健児は麻子の身体にのしかかり、ペニスを秘芯へ押し当てた。

ゆっくり男根を挿入すれば、麻子は「ん！」と声を弾ませ、笑顔で健児を見た。

「い、今さら焦らすわけ？」

「違うよ。初めてだからゆっくり入れようと……」

「私は処女じゃないのよ？　そんな気遣《きづか》いは要らな――ぁあんっ！」

健児はわざとらしく麻子の注意が逸れた瞬間を狙って、根元まで突き立ててきた。

「んんん!!」

また呆気なく潮を吹いてしまう。

「ちょ、ちょっと……いきなりすぎるじゃないぃ……っ！」

麻子は酔い痴れた表情をした。

「全部、入ったよ。ううっ」

「健児、どう？　私の中は他の女性たちに比べて……」

「最高だよ！　あそこに吸い付かれて、奥に引きずり込まれる……っ！」

ぬるぬるの蜜肉に締め付けられて、根元をぎゅっと咥え込まれている。

「何よ、その言い方っ。人のあそこが下品みたいじゃないっ」

動いてもいないのにウズウズと疼いてしまう。

麻子は健児の首に両腕を回し、口づけをしてきた。

胸が潰れ、硬い乳首が密着する。

「んちゅっ！　ぢゅっ！　んふっ！　ぅうううんっ！」

腰に両足を回されれば、ちょうど健児が麻子を抱えるような格好になる。

荒々しく腰を遣い、パンパンと破裂音が響けば、潮の飛沫もまた弾けた。

「健児、もっと腰を動かして！　私の深い場所を突いて！」

「う、うん！」

健児は麻子の期待に応えて、彼女に喜んで欲しいという一心で腰を叩きつけた。

「健児、イィッ！　んんッ！　さっきパイズリしてたち×ちんが荒々しく私の中を穿《ほじ》ってるぅっ！　もっともっとぉっ！」

溢れる蜜汁が糸を引きながら滴り落ちる。絡み合った股間部分と、嚙み合うような激しいキスをしあう唇もどちらも体液まみれになった。

麻子は貪るように腰を遣いつづけ、健児のペニスを翻弄《ほんろう》する。

麻子は昨日以上に牝の顔をしていた。

健児は見とれたが、麻子は別の意味として捉えたらしい。

「んっ……ぁあ……。健児っ。こんなにふしだらな女で幻滅したっ？」

「そんなことない！　僕で感じてくれて嬉しいっ！　もっと感じて欲しい！　昨日みたいに、もっといやらしい女になってよ、麻子姉！」

麻子は昨日自分が何をしたのか思い出したようで、気まずそうに目を逸らす。

「も、もう……あれは見世物じゃなくって、ぷ、プライベートなのよっ」

「うん。麻子姉がまさかあんなにエッチなことに飢えてるなんてびっくりした。だから僕が麻子姉があんなことをしなくてもいいように、満足させたいんだっ！」

健児は麻子の逆ハート型のお尻に指が食い込むくらい力を入れて握りしめると、激しい抽送を紡ぐ。

「あああんっ！　ズンズン刺さる！　ま、まさか健児がこんなに激しい腰遣いが出来る逞しいオスだなんてぇっ！」

麻子はよがり、仰け反りながら透明な潮を吹く。

「温泉の効能ってすごいんだね！　潮でぐちょぐちょだよ！」

「い、言わないで……アアアンンン！」

「ね、ねえ……麻子姉。昨日のあのオモチャと比べて、僕のはどう？」

と、膣肉の締まりが強くなった。

「なに馬鹿なことを言ってるの!?」

「馬鹿なことじゃないよっ。教えて欲しいんだ！」

「そ、そんなはしたないことを言わせないで……」

「それなら……」

と、不意に健児が腰を止めた。

「健児!?」

「どっちが気持ちいいか教えてくれるまで動かないから」


「な、生意気なんだから……」

麻子は腰をクネクネと身動《みじろ》がせるが、その程度では健児の腰はびくともしない。

(ああもうっ。一体いつからこんな生意気になったの!?)

麻子は健児の成長に驚きながらも、それでもオスらしい逞しさに惹かれた。

子宮口を力強く押し上げる陰茎の熱気が押し寄せる。

「け、健児ぃっ……イジワルしないでっ」

焦燥感《しょうそうかん》が快感となり、腰を動かしたくてしょうがなくなる。

「イジワルなんてしてない。麻子姉がちゃんと答えてくれればいいんだから」

小さな頃から麻子の後をヨチヨチと頼りない足取りで付いてきた健児に屈服するのは少し悔しくもあったが、嬉しさの方が先に来た。

「あんなオモチャより、健児のち×ちんの方がいいに決まってるでしょ!?」

「麻子姉！」

健児から荒々しい抽送を見舞われてしまえば、陶酔感と悦びでプシャプシャッとまるで失禁するみたいに潮を立て続けに吹いてしまう。

「ンンンンンンッ！」

太く逞しい逸物が媚肉をグチュグチュと掻き混ぜながら、深い場所まで押し入ってくる。

「健児ぃっ!?」

麻子は思わず腕を離してしまい、ちょうどまんぐり返しの姿勢になってしまう。

健児は構わずペニスを挿入してくる。

「ふぁああっっ！　け、健児ぃっ！　この格好、だめえっ！」

突き殺されてしまいそうな深さに麻子は戸惑うが、健児は構わず腰を叩きつけてきた。

「あああああああんんっ！」

麻子は一突きごとにプシャプシャッと潮を吹いてしまう。

全身の感度が高まり、なおさら健児のペニスをギチギチと咥え込んだ。

自分の身体なのに、言うことを聞いてくれない。

「はああ！　ぁあんっ！　んんっ！　刺さるぅっ！　健児に突き殺されちゃう！」

「もっと麻子姉のおま×こを隅々まで犯すよっ！」

「犯されてるぅ！　こ、こんな変態みたいな格好で、おま×こをち×ちんで貫かれちゃってるうっ！」

「もっと感じて！　僕のち×ちんでよがってっ！」

乱暴とも思えるような抽送にも、今の麻子は蕩けてしまう。

深く貫かれ、そして引かれる。

ヌチョッ！　グチュゥッ！　ズヂュッ！

引いた肉幹に本気汁がからみつく。

「んんんっ！　どんどん私のあそこがいやらしく仕立てられちゃう！」

健児のペニスはまるで麻子の為にあるように、いい場所に当たった。

絡み合う膣口から、本気汁があぶくを作りながらこぼれる。

「んんんんー！」

陶酔感がこみあげ、目の眩《くら》むような肉悦が弾ける。

「も、もう私……！　健児、一緒にっ！」

「僕も……出る……っ！」

健児は勢い良く麻子の子宮めがけ夥しい量の子種を解き放った。

下腹いっぱいに煮えたぎるような精液が注《そそ》ぎ込まれてしまえば、麻子の頭の中は真っ白に染まる。

「ンンッ！　イクゥッ！　あああ、こんないやらしい姿でイきたくないのにぃぃぃ、イクウゥゥゥゥゥゥッ!!」

プシャッ！　プシュッ！　プシャアッ！

盛大に潮を吹いた麻子は全身を脱力させ、ぐったりしてしまう。

「はあぁ……健児ぃ……っ」

敏感になっている膣内で、ペニスが射精の余韻で戦慄くのを感じる。

「麻子姉……っ。ぬ、抜くよ……」

腰を持ち上げれば、ずるずると萎《しお》れたペニスが抜けていく。

「んっ、んっ、ぁあああ……っ」

麻子がビクビクと全身を痙攣させながら仰向けに寝そべれば、割れ目からはゴポポッと濁った音混じりに樹液が逆流した。

「け、健児ぃ……。私も他の女性たちと同じように、あなたに蕩けさせられちゃったあ……」

二人は熱烈な口づけを交わした。

行為のあと湯冷めしてしまいそうなので、健児たちは今度は普通の温泉に浸かった。

疲労した身体に温泉の温もりが優しく染みる。

どこかで天井に浮いた水滴が落ちて、ピチャンと澄んだ音をたてた。

「麻子姉」

「なに？」

麻子はうっとりとした顔をしている。

「今回のエッチはお客様としてのエッチ？」

麻子は健児に微笑みかけてきた。

「健児は仕事として抱いたの？」

「……僕は、違うよ」

「違うとしたら、どうなの？　どういう気分で私を抱いたの？」

麻子が身体を寄せてくる。肩が触れあった。

健児はついさっきまで激しく交わっていたことも忘れたように、ドキッとする。

「……その、ぼ、僕は麻子姉のことが好きだっ！　だ、だから麻子姉とは恋人のつもりで——んんっ!?」

唇を奪われる。

「私も、よ。あいつは浮気しまくったけど、これは浮気じゃない。だって本気なんだから……」

麻子はそう呟いた。

第五章　母乳の湯～麻子VS真澄

健児が講義を受けるために教室に入り、手近にあった席につこうとすると、

「おい、健児！」

少し前の方で友人が手を振っていた。

それに応えながら彼の隣に座る。

「香《かおり》ちゃんと付き合ったって本当かよ」

友人が顔を寄せて言った。

香ちゃんとは以前の合コンで知り合い、連絡を取り合っている別の大学の女性だ。

「付き合ってないよ」

「マジかっ！　カラオケデートしたんだろ？」

「そんな色っぽいものじゃないよ。ただ遊んだだけなんだから」

「なんで付き合わないんだよー。もったいねえなぁっ！」

「どうでもいいだろ」

教科書とノートを机に並べると、友人がいやらしい顔をする。

「……今度はなんだよ」

「お前最近、付き合い悪いし……。もしかして彼女か!? そうだろ!?」

友人の指摘《してき》に健児は笑顔になる。

「まあね」

「今度紹介しろよーっ」

「それは駄目」

「うえー！ うちの子？ それとも別の大学？」

「秘密」

そこで教授が入って来たので、話はそこで打ち止めになった。

講義が終わると、健児はいつもより早めに『百花』に出勤した。

健児は事務室の扉をノックする。

「麻子姉、入っても大丈夫？」

「いいわ」

麻子の声を聞けただけで笑顔になれる。

事務所に入ると、麻子はデスクで仕事をしていた手を止め、こちらに笑顔を見せてくれる。

「大学はどうだった？」

「いつも通りだよ」

「そう」

「……友達に、付き合ってる人がいるってバレたけど」

麻子は綺麗な白い歯を覗かせる。

「へえ、自慢した？」

「麻子姉とは言ってないけど……ごめん」

「平気よ。来て」

そっと口づけをする。

「麻子姉。仕事、お疲れ様」

「あなたも大学、お疲れ様」

「麻子姉。肩、凝ってない？」

「なあに？　いきなり」

「いやー。いっつもお仕事大変だなーって……」

「ふふ。それじゃお願いするわ」

優しく肩を揉む。

「ん……っ」

麻子は鼻にかかった声を漏らす。

「うまいわ、健児……」

今日の麻子はまだ時間が早いからか着物ではなく、胸の形が分かってしまうくらいの薄手のシャツに、ジーパン姿で飾り気がない。

そんなさっぱりした格好も、麻子にはよく似合っていた。

「健児に肩を揉んでもらうのって初めてだっけ？」

「ううん。麻子姉が小学校五年の時、いきなり肩を揉めって言われたよ？」

「……ふふ。それはきっと大人の真似っこね。大人が肩を揉むと気持ちいいって言ってたから……」

「子どもらしい時もあったんだね」

「なによ、失礼ね。ふふ」

健児はそーっと麻子の胸に手を伸ばしかけたが、「駄目よ」と間一髪のところで咎《とが》められてしまう。

「うう……」

「嫌ってわけじゃないの。誰が入って来るかも分からないでしょ？」

「他の人から見えないならいいんでしょ？」

「ちょ、ちょっと健児、何してるのっ!?」

健児は麻子のデスクの下に潜りこむと、ジーンズを脱いでくれるよう頼んだ。

「……もう。悪ガキなんだから」

麻子は扉の方をちらちら見ながらもベルトを外すと、ジーパンを膝下まで下ろしてくれる。

「さすがは麻子姉！　話が分かるっ！」

「早くしなさいよ」

麻子はモジモジする。

ショーツはシルクで、ピンク色。

「可愛い下着だね」

「……ありがと」

健児はショーツを膝下まで下ろしていくと、気付く。

「麻子姉。もしかして下着を替えた？」

麻子はピクンッと反応した。

下着は汚れも何もなく、それに肌触りも汗でしっとりもしていない。

「新しい下着に替えて、僕のことを待っててくれたんだ」

「こ、こんな大胆なことをするなんて思ってなかったけどね……っ」

いつも丁寧に整えられた淫毛に縁取られた秘裂にそっと息を吹きかければ、麻子の太腿の内側に力がこもった。

「ちゅっ」

「んっ……」

しっとりと潤んだ膣肉に口づけをすると、麻子が悩ましい声を漏らす。

下唇を嚙みしめ、喘ぎをこらえているようだった。

下着はまっさらだったけれど、秘裂の方は蒸れた香気をたたえている。

オスを翻弄する蠱惑的なフェロモン。

雫を舐めとりながら、麻子の肉芽をしゃぶる。

「ああっ……け、健児……うまい……っ」

麻子は眉をひそめ、悩ましげな顔をした。

その顔がとてつもなく官能的で、健児を奮《ふる》い立たせる。

股間が、ズボンの中で痛いくらい張り詰めた。

股間の疼きを感じながら、「ぢゅるるっ」と数日前にペニスを挿入した秘処に舌をめりこませながら啜った。

「ああっ……ンッ……いぃっ……」

麻子はしっとりとした声で鳴いてくれる。

その時、ノックの音がした。

「ど、どうしたの？」

麻子は少し声を上擦らせながら反応した。

「——ちょっとよろしいでしょうか？」

それは従業員のおばちゃんの声。

「……急用？」

「はい。シフトに関してで……」

麻子は目で「今はだめ」と机の下の健児に訴えると、おばちゃんに「どうぞ」と呼びかけた。

「家の用事がありまして」

麻子は健児にイタズラをさせまいと腿をきつく閉じるが、健児が太腿をフェザータッチで愛撫すると、従業員の人の手前、反応することも出来ずにあっという間に両足が開いた。

健児が媚肉に口づけをすれば、麻子は太腿に力をこめて呻く。

「んっ」

「どうかしました？」

「うう、大丈夫。それで？　いつまでの予定？」

そんなやりとりが健児の頭の上で交わされる。

健児は構わず秘処をしゃぶり、陰核に口づけをした。

「ンンッ……そ、そうなの……っ。分かったわ。ああ……早く言ってくれて助かった……ンッ！」

「清水さん、すごい汗ですよ。体調が悪いんですか？」

「い、いいえ……平気よ」

早く話を切り上げればいいものを、そうしないのは麻子の責任感の強さのあらわれだ。

健児はますます調子に乗ってしまう。

しまう。

「ああっ……そ、それじゃ……んん、話を進めましょう……っ」

あんまりやり過ぎてはいけないと思いながら、麻子の我慢具合についつい熱中してしまう。

「んちゅ、えろっ」

健児は陰核を吸いながら、右の人差し指を秘処へ入れた。

ベトベトになっている柔肉に指を痛いくらい締め付けられてしまう。

「ンンンン！」

「あ、あの、私……」

「い、いいわ。シフトの変更はこっちでやっておくから、し、仕事に戻って。一人にさせて……っ」

おばちゃんは慌てて部屋を出て行ってしまう。

瞬間、プシャッと吹いた潮が、健児の顔を濡らした。

「——も、もう、何してるのよ……っ」

「ごめん。でも麻子姉だって悪いんだよ？」

「わ、私は被害者よ⁉　指まで突っ込むなんて……」

麻子は顔を紅潮させ、肩で息をしていた。

「でも麻子姉も楽しんでたよね？」

「そ、それは……まあ、確かに。楽しかったけど……絶対、変な噂がおばさんたちの間で広まるわ……」

「麻子姉も気に入ってくれて良かった」

「でもこういうのはこれで最後。今みたいなことを続けてたら従業員が逃げていくから、もうこれ限りよ？　分かった？」

「了解」

「さあ、そろそろ掃除の時間よ。行きなさい」

健児は麻子に促され、そっと事務所を出た。

（そうね……。確かに私もすごく楽しんじゃってた）

麻子は健児が出ていく後ろ姿を眺めながらそう思った。

いつ誰に見つかるか分からないというスリルと、麻子の弱い場所を的確に責めてくるテクニックに、最高の背徳感を味わった。

（駄目なのに病みつきになっちゃいそう……っ）

麻子は愛液でベチョベチョになって、熱を孕んだ秘裂を自分で弄びながら、昂奮してしまうのだった。

「んっ！」

麻子がお客さん向けの仮眠室で作業のチェックをしていると、突然お尻を鷲掴まれた。鼻にかかった声を漏らしてしまう。

その手の大きさや感触で誰かはすぐに分かる。

「け、健児……っ」

頬を染めながら振り返れば、案の定、健児がいた。

健児は前回の反省を踏まえて、人と話している場面では麻子の秘処をいじったりしないようになったが、それでも仕事場でのハラハラするエッチにはまってしまったようで、他人が見ていないと、平気でこんな悪戯を仕掛けてくるようになっていた。

「もう……悪ガキなんだから……っ」

「ごめん。でも麻子姉のお尻を見たらムラムラしちゃって……」

「へんたぃ……っ」

「うんっ。でもこんなことをするのは麻子姉にだけだから」

「素直には喜べないわねっ」

扉のすぐ向こうでは、従業員が清掃をしている。下手に声を漏らしたら聞こえてしまう。

「ね、ねえ、やめなさい……」

お尻に硬いものが押し当てられてしまう。

「だ、め……っ」

今にも拒絶する決意が揺らいでしまいそうになりながら、声を振り絞った。

「今は着物なんだから。これを汚したらお客様の前に出られないわ……。ね？　分かって？」

「……うん」

健児が引いていく。

その呆気《あっけ》なさに、麻子は自分がガッカリしていることを自覚してはっとしてしまう。

しかし、ふと気配を背中に感じて振り返れば、健児が股間を突きつけていた。

「舐めて欲しいんだ。それなら着物も汚れないでしょ？」

一瞬躊躇《ためら》いながらも、麻子はうなずく。

「……もう、しょうがないんだから。でも出したら終わりよ」

「ありがとうっ」

健児は青筋を浮かべた男根を突きだしてくる。

思わず、ごくっと生唾を飲んでしまう。

(私はいつからこんな風に下品になってしまったんだろ。これじゃ、私を信用して預けて下さってる健児のご両親に申し訳ない……っ)

麻子は中腰になった。

それでも、健児が望んでいるんだからと自分に言い聞かせ、ペニスを先端から口に含んだ。

「んんっ……」

「うう!」

麻子は上目遣いで健児を見る。

「……声を出さないでっ。外に聞こえちゃうでしょ?」

「ご、ごめん……」

ペニスをさらに深く咥え込む。

「ンンンウウウ……っ」

「ぁあぁっ……麻子姉の口の中、あったかいぃ……っ」

あっという間に根元まで呑み込めば、頬をへこませながら頭を上下に弾ませた。

「ヂュルルッ！　ヂュパァッ！　ンンフッ！　グゥッ！　ングッ！」

口の端に泡立った唾液を滲ませながら、麻子は口を窄める。

「ああ、どんどん食べられちゃってる……」

健児は「はぁはぁ」と息を荒げながら、麻子の喉を突いてきた。

「ング!?」

麻子は小鼻を膨らませ、瞳を潤ませた。

不意打ちだったが、麻子が感じたのは悦び。

「健児ぃっ！　んっ、んっ……もっともっと突いてっ」

腰を密着させた健児はノドを突くだけではなく、頰の裏をヂュポヂュポと穿り回す。

ますますオスの匂いが濃くなった。

その臭気に子宮がキュンと震え、じゅわっと蜜汁がこぼれ、下半身が震えてしまう。

「んんっ！　んふっ！　ぢゅっ！　ぢゅぴっ！　ぎゅっぽっ！」

ますます頭を振れば、セミロングの毛先が激しく乱れた。

呼吸が難しくなり、酸素不足で頭がぼーっとする。

それでも口内で力強く脈打ち、我慢汁を溢れさせる男根に無我夢中で吸い付く。

「ん、ん……っ」

喉を鳴らし、舌で裏筋を引っ掻く。

「ううう……あ、麻子姉っ」

健児の声には余裕がない。そろそろ出そうだ。

「いいわ、健児。このまま出してっ。全部飲んであげるから……っ！」

「出る!!」

健児は喉奥めがけ、ドロドロの灼熱を解き放った。

口内めがけおびただしい量のザーメンが弾ければ、全身が粟立《あわだ》った。

「ンンンンンー!!」

全身が浮遊感に包み込まれ、麻子はたちまち昇り詰めてしまう。

むっとした濃厚なホルモン臭が口内に満ちる。

「健児のザーメン、すごく弾力があって、濃くって……飲み甲斐が相変わらず、あるのねっ……」

ジェル状の子種を、ごきゅっごきゅっとゆっくりと飲みこむ。

細いノドが小さく波打った。

「んっ……んふっ……んんっ……」

射精の余韻を口の中いっぱいで堪能しながら陰茎を解放する。

「ほぉ……っ」

甘い吐息をこぼし、ハンカチで口元をぬぐった。

「さ、これで終わり。行きましょう」

「う、うん」

ズボンを上げた健児と麻子が一緒に出入り口へ向かったその時、扉が向こうから開かれた。

「っ!?」

そこにいたのは、ブラウスにジャケット、タイトスカート姿の真澄。その後ろにいた従業員たちの反応からすると、無理矢理ここまでやってきたのだろう。

麻子は従業員へ仕事に戻るよう告げると、真澄と部屋で向かい合う。

「あら、二人とも」

真澄は鋭い眼差しで辺りを見回しながら、匂いを嗅ぐ。

「オーナーもここの施設を利用するのね。ずいぶん楽しいこともしてたみたいだし」

「鈴木様、私たちは付き合っているんです。変なことをしているつもりはありません」

「あら、そうだったの？　でも私は健児に用があるの。あれから健児のことが忘れられなくってね。もう一度お相手をお願いしたいわ」

「いえ、健児はもう……。別の方を手配するので」

「だめ。健児がいいの」

真澄はちらっと健児を見る。

「今回はあなたとも三人でじっくり楽しみたいの。どうかしら？」

「……分かりました。真澄さんには『百花』がお世話になってますし……」

麻子が、じろりとした視線を健児に向ける。

「健児。本当はエッチしたいだけなんじゃないの？」

「違うよ！　真澄さんは大切なお客様だから！」

二人が揉めているのを見て、真澄が笑う。

「いやね、こんなことで臍《へそ》を曲げて出資を止めるほど、私の心は狭くないわよ？」

「だったら――」

麻子はさっさとこの話を終わらせようとしたが、真澄は意外なことを言い出した。

「そんなに心配なら、麻子も一緒に楽しめばいいじゃない」

「えっ!?」

「私は健治さえ相手になってくれるなら、別に二人きりでなくてもいいの」

「そう仰《おっしゃ》られるのなら……分かりました」

麻子は溜息混じりに観念した。

「ふふ。大丈夫。この子を盗《と》ったりしないわ。私が大切なのはこの子の身体だけなんだから」

健児は何と言っていいのか分からなかった。


健児たち三人は『八階』へ向かった。

脱衣場に赴くと、麻子が言う。

「健児、脱がして」

「あら面白いことしてるのね。じゃ、私もお願いするわ」

真澄もノリノリだった。まずは健児が麻子の服を一枚いちまい脱がす。

「へぇ、麻子。あなたの裸は初めて見るけど、結構いやらしいスタイルをしてるのね。そのおっぱいで健児を籠絡《ろうらく》したの？」

「や、やめて下さいぃ……っ」

麻子は自分の身体を抱きしめ、真澄の目から隠す。

「ふふ。年甲斐もなく照れるのも、ウブっぽくていいわね。さあ、健児。次は私よ」

「し、失礼します……」

ジャケットを脱がせれば、豊満な双乳で大きく膨らんだブラウスが露わになった。グラビアアイドル顔負けなプロポーションを見るのは二度目だが、やっぱり圧倒されてしまう。

「ボタンも一つ一つ外すのよ。丁寧に……」

「でも……胸に触れちゃいます……っ」

真澄が笑う。

「そんなのは今さらでしょう。私のおま×この味を知ってるくせに」

健児は赤面して俯いてしまう。

「ふふ、いいわね。もう何人もの女を相手にしてるのに初々しいっ」

健児がボタンを一つ外した瞬間、大福のように柔らかな感触が指にふれた。

それはとてもブラウスごしとは思えないような……。

「あ、あの、今日もやっぱりノーブラなんですか？」

「当然じゃない」

真ん中のボタンを外せば、生白い乳肉がぷるんっと柔らかくたわみながら、こぼれた。鮮やかな乳首がピンと勃っている。

香水と汗とがまざった仄かな香りが、鼻腔をくすぐった。

これまで相手をしてきた女性たちは全員豊満なボディの持ち主であるが、真澄は格別のように思えた。

迫力満点の美巨乳はその大きさの割に形がよく、大きな雫のようで下弦の丸みが艶やか。重力でハの字に垂れるようなことはなく、乳首の位置も高かった。

「ありがとう。それじゃあ今度は下ね」

「失礼します……」

「そんな蚊の鳴くような声じゃなくても構わないのよ？　誰かさんを気にしてるのかしら？」

「そ、そんなことありません……！」

そう言いながらも、麻子の視線をひしひしと感じた。

屈んだ健児がスカートのホックを外し、胸に負けず劣らず主張している肉感的な柔尻に気を付けながら下ろした。

するとお尻の割れ目にショーツが食い込んでいた。

「ねえ、食い込みを直してくれる？」

「でも、どうせ脱がすので……」

「でも食い込みは気持ち悪いから。私、お尻が大きいでしょう？　よく食い込んじゃうのよ」

「わ、分かりました」

出来る限りお尻に触れないようにするのは大変だった。

と、両手を真澄に摑まれると、お尻に押しつけられた。

「うわ!?」

温かく、ふわふわした柔らかさが手の平に広がる。

お尻を下支えするように握りしめれば、ほどよい弾力感が押し返してきた。

「さあ、割れ目に指を入れて」

恐る恐る割れ目に指を入れる。

「ん……っ」

真澄が鼻にかかった吐息を漏らす。

心臓をバクバクさせながら、割れ目に食い込んだ布地を引っ張り出した。

エッチの方が数段刺激が強いはずなのに、変な背徳感があった。

「次はパンツをお願い……っ」

ショーツを脱がしていけば、食いこんでいたお尻の割れ目も覗く。

お尻は楕円形で、尻たぶは柔らかそう。

ショーツを下ろしきると、真澄は麻子ににこりと笑いかける。

「この子、やっぱり気に入ったわ」

「お気に召して頂いて良かったです。さあ、お風呂へ」

麻子は健児の手を引いて自分の近くに寄せながら、真澄を先導する。

「あらあら。まるでヒナを守る親鳥ね」

真澄は微笑ましそうにそんな健児たちを眺めていた。

浴槽に張ってある湯は真っ白だ。

真澄は嬉しそうに微笑む。

「あら、牛乳風呂？　素敵ね。でもここにしては普通すぎないかしら？」

麻子は首を横に振った。

「入ってみれば分かります」

かけ湯をして、三人はお風呂へ浸かった。

「はあぁぁぁ……」

と、三人は甘い息を揃ってこぼす。

冬の寒さは、温泉のあたたかさとマッチして格別だ。

「ふふ、毎回このお湯の効能が楽しみなのよね……んッ！」

優雅に呟いた真澄だったが、不意に身を捩った。

「真澄さん、どうしたんですか⁉」

「ちょ、ちょっと胸が……くすぐったいっていうか、何て言うか……う、疼くっていう感覚に近い……ンンッ！」

真澄が変化すると同時に、麻子も「はあ……来たわぁ……」と呟くや、乳首からプシャッと白いものが弾けた。

「え⁉」

健児は唖然とする。

真澄は胸を根元から先端にかけて搾りだすように握り締めたかと思えば、赤く熟《う》れた乳首からプヂャッ！　と母乳を迸らせた。

「ああっ！　これ母乳が出るようになるお湯だったのねぇ……！」

真澄が昂奮に染まった声を上げれば、麻子はうなずく。

「そうです。『母乳の湯』。でもまさか妊娠もしてないのにこんなに出てしまうなんて、効果覿面《てきめん》……っ」

真澄が悩ましい顔をする。

「あ、あんなにたくさん出たっていうのに、すぐに母乳が溜まってパンパンになって苦しくなるわっ。ねえ健児、乳首をしゃぶってっ。我慢できないのっ！」

負けじと麻子もおっぱいを突き出す。右側から真澄、左側から麻子。

「健児っ。私もお願いっ。鈴木様なんかよりずーっとミルクを出したくてしょうがないのぉっ！」

美しい女性たちが、おっぱいを健児の目の前に突き出す。

「分かりました！」

健児はまず真澄の乳首に吸い付けば、口の中にたくさんの濃厚母乳が吹き出してくる。

(母乳って牛乳とはまた違うサラサラした風味だけど、美味しいっ！)

真澄が髪を振り乱して悶える。

「イィッ！　健児ぃっ！　母乳を吸われるのがこんなにゾクゾクするなんて知らなかったわ……！」

溢れた母乳が口の端からこぼれた。

「健児っ！　私の乳首も吸ってぇっ！」

「麻子姉！」

健児は左乳首に吸い付く。

（本当にミルクで膨れあがってるんだ……）

麻子の胸は、一回りは大きく膨らんでいるかもしれない。

何度も吸っているからよく分かる。

乳首そのものも膨張し、少しでも吸えばミルクが滲んだ。

「ああ……健児ってば最高の赤ちゃんだったのねえ。健児のお母さんもこんな気分だったのかしらぁ……」

麻子が健児の頭を感情的に抱き寄せた。

「んぐっ!?」

口の中に甘さ控え目の母乳が、ビュッビュッと染み出す。

健児は歯を立てないようにしながら、優しく吸い付く。

「ふ、ふふ……。健児、覚えてる？　あなたがまだ小さかった頃も、私のおっぱいに夢中になって、一緒にお風呂に入っていると吸ってきたのよ？」

「う、嘘!?」

「本当……っ。だから健児の口の感触を、私の乳首は覚えてるのっ」

麻子は身悶えながら叫んだ。

「あああっっ……んっ……ね、ねえ、健児っ、おっぱいを握りしめて！　そうしたらもっとミルクを出せるからぁ！」

「こ、こうっ？」

健児が水風船のように下膨れしている乳肉を握りしめれば、

「アアアアアアンッ！」

麻子の言う通り、さっきよりもたくさんの母乳が吹き出した。

健児はごくごくっと喉を鳴らして呑み込もうとしても、あまりに量が多くて口の端からミルクがどんどんこぼれてしまう。

身体中、ミルク臭くなりそう。

(でも、麻子姉のおっぱいなら……)

「——健児。私のこと忘れないでよ？」

真澄が麻子を押しのけ、おっぱいで健児の顔を挟み込んできた。

「真澄さん……!?」

お風呂の熱気で火照った巨乳に顔を圧迫される。

健児はどうにか押しのけようとするが、真澄にはそれが快感となるのか、おっぱいを思いっきり吹き出しながら悶絶した。

「アアアッ……イィッ！　健児、もっと私のおっぱいを揉みくちゃにするのっ！　麻子よりも乳首をたくさん吸って！」

「は、はぃ！」

健児は乳首に吸い付く。

「ンンンンンンン！」

真澄が嬌声をこぼすと同時に、母乳が流れ込んできた。

「吸うだけじゃないのっ。歯も立ててっ」

「ほ、本当にいいんですかっ？」

「そうよ！　早くぅっ！　乳首がジンジン疼いて辛いのぉっ！」

健児は言われた通り、真澄の乳頭を甘噛みする。

「あぁんっ！　健児ぃぃぃっ！」

真澄はおっぱいをぶるんぶるんと波打たせながら、蕩けた顔を晒した。

顔を真澄の母乳で汚しながらも、健児は満足して欲しい一心で吸い続ける。

と、真澄に頭を撫でられる。

「ふふ。可愛い赤ちゃんね、健児。もっとママのおっぱいを飲んでくれていいのよ？」

「鈴木様、何言ってるんですか!?」

麻子が目を瞠《みは》るが、真澄は全く気にしない。

「何か問題があるの？　ふふ、私の母性がこの子をもっと慈《いつく》しんであげたいと思ってるの。こんな風に……」

「ううう!?」

健児は股間に走る電流のように閃く快感に、乳首を吐き出してしまう。

麻子が心配そうな顔をする。

「健児、大丈夫!?」

「あら、私が変なことをしたみたいに言わないで。私は健児が気持ち良くなるようにしているだけなんだから」

真澄は健児のペニスを扱きながら、亀頭冠を甘く締め付ける。

「ま、真澄さん……っ。手を離して下さいぃっ」

「駄目。──ほら健児。吸いなさい」

健児は下半身から迸る快感に中腰になりながら、真澄の右胸に吸い付く。

真澄がピクンッと背筋を仰け反らせた。

「アア……そ、そう……っ！　どんどん吸いなさいっ。どれだけ飲んでも、すぐに母乳でパンパンになっちゃうんだから……！」

と、麻子が口を挟んできた。

「鈴木様。左胸は私めがやらせて頂きます」

「麻子、そんな必要は……ぁあッ！」

健児ははっとした。

(母乳の量が増えた？)

麻子が真澄の左胸に吸い付いて、チュウチュウとしゃぶっていた。

「あ、麻子っ、や、やめなさいっ。健児にあげるためのおっぱいがどんどん吸われちゃうぅぅっ！」

真澄は悦《えつ》に入り、ビクンビクンと全身を小刻みに戦慄かせる。

「鈴木様、もっと感じて下さいませっ。おっぱいを出したいのなら、もっと私が吸いますからっ」

そんな麻子の胸もパンパンにはちきれんばかり。

「麻子姉！」

健児は麻子の右胸に吸い付いた。

「ひぃん！　け、健児!?」

真澄は健児のペニスを扱き、健児は麻子の胸を、麻子は真澄の胸に吸い付くという格好になる。

　真澄が慌てた。

「ちょ、ちょっと健児！　一体いつ、私の胸から口を離していいと言ったの!?」

　真澄は麻子に胸を吸われて昂奮が高まっているのか、健児の肉棒を扱《しご》く手付きも乱暴になった。

　だがその乱暴さが、健児の劣情をますます激しくかきたてる。

「ううう……真澄さんっ！」

　健児はこらきえれず、麻子の乳首から口を離してしまう。

「健児……っ」

　麻子が物欲しげな声を漏らす。真澄が柔らかな手の平に亀頭冠を擦りつけるように扱きたてれば、もうこらえられなかった。

　真澄は手の中でわななくペニスの感触を楽しむ。

「さあ、迸らせてっ。健児のミルクを今度は私にぶっかけるのっ！」

「真澄さん、出ます……っ」

　健児のペニスはビクンビクンと激しく撓《しな》りながら、樹液を吹いた。

　飛び散った精液が、真澄の身体を白く汚していく。

「あああぁ……熱いぃぃいっ……けどぉ、健児の精液を感じられて幸せだわぁっ」

真澄が恍惚とした顔をすれば、左右の乳首から母乳が勢い良く飛び散る。

真澄は肩で息をしながら、自分の身体にベッタリと張り付いている母乳と精液とを指先で弄んだ。

「健児ぃっ……最高！」

「鈴木様！」

麻子が声を上げるや、真澄に抱きつく。

はっとした真澄は反射的に、麻子を抱き留める。

麻子は真澄の胸に自分の胸を擦りつけるように押しつけた。

「ンン！　あ、麻子!?」

「鈴木様、こうすれば健児に頼らなくても搾乳ができるんですよっ」

「で、でも、これ、いやらしすぎ……ンンッ！　麻子、あなたの乳首カチカチで擦れると……ひぃンッ！」

二人の身体は、互いの胸を押し潰すたびに吹き出す母乳で汚れていく。

お互いの胸が押し合いへし合いするたび、母乳が糸を引きながら滴り落ち、クチュクチュと蠱惑的な音を奏でる。

麻子が悩ましい溜息をつく。

「ああ……。鈴木様のおっぱい、すべすべして、私のおっぱいに吸い付いてきます……」

乳首を擦りあわせるたび、母乳は絶えずプシャップシャッと弾けた。

真澄は目元を艶やかに染める。

「あぁン、面白いこと考えるのね、麻子。じゃあ、これはどうかしら？」

「え!?」

次に驚かされたのは麻子の方だ。

真澄が突然、真澄の唇を奪ったのだ。

「んんっ!?」

麻子は妖しい口づけから逃れようと上体を引こうとするが、真澄がそれを許さなかった。

「んちゅっ、ちゅぱぁっ、れろれろっ……どうしたの、麻子。こうした方が健児も楽しめるんじゃない？」

麻子はそこではっとして、健児を見る。

真澄は淫らに微笑する。

「健児が私たちのレズプレイを見ながら、ち×ぽをギンギンに勃起させてるんだから、ほらあっ！」

グラビアアイドル顔負けの美巨乳がむにゅっむにゅっと変形しながら、二人の細身の身体のラインからはみだす。

母乳まみれの横乳に、健児は生唾を禁じ得なかった。

麻子と真澄が熱中しているのは、口づけだけではない。

真澄は指先を麻子の秘処へ伸ばすのだ。

「あああああんっ！　す、鈴木様ぁっ！」

麻子が両肩をビクンッと震わせれば、おっぱいからミルクが吹き出す。

「いつまでそんなお上品な物言いをしているの？　真澄でいいわ」

「ま、真澄っ。あなた、正気!?」

「そうよ。私はどっちもイケるんだからぁ」

真澄の指が、麻子の秘処に埋まる。

「ンンンンンン！　ああ、そ、そんな搔き混ぜないで……ぁああんっ！　あ、あなたがその気なら……っ！」

麻子も負けじと真澄の秘芯をまさぐれば、真澄のクールな顔が紅潮する。

「ンンン！　く、クリをうまく……ンッ……い、弄《いじ》るじゃなぁいっ！」

二人は互いの秘処を弄くり回しながら、さらに胸をぎゅうぎゅうと密着させる。

お互いが敏感な肉体を擦りあい、ますます激しい口づけを交わした。

ヨダレなのか母乳なのか分からない体液で全身をてらてらとヌメ光らせながら、美女が感じあう。

二人の激しい動きに湯面が泡立った。

しかし最初に麻子が音《ね》を上げる。

「ま、真澄ィッ！　ああぁあっ、だ、だめ……私……もうぅっ！」

麻子は極まる寸前の美貌を輝かせた。

健児によって絶頂する時の顔とは違う。

絶頂を悦んでいるのではなく、渋々感極まる感じだ。

それでも必死に快感に抗おうとする悶え顔が、官能的だった。

真澄も恍惚とした顔になる。

「ほぉら、麻子っ。健児が私たちのことを食い入るように見てるわ。さあ、存分にイキ顔を見せましょう！」

「イクッ！　いやあっ……け、健児、見ないでぇっ！　真澄にイかされる私の恥ずかしい姿、み、見ないで……ンンンン！」

「健児、女が女でイくのを見てなさいっ！　イクッ！　イクウウウッッ！」

二人は同時にビクビクッと激しく全身を痙攣させたかと思えば、同時に母乳を勢い良く吹き出させた。

二人は抱き合いながら、気怠そうにお湯に肩まで身を沈める。

「麻子姉、大丈夫!?」

「へ、平気……。で、でも満足できないの……。あそこがさっきからジンジン疼いちゃって……っ。——健児、あなたのち×ちん、ビンビンになっちゃってるわ」

「麻子姉、僕で気持ち良くなってっ」

「嬉しい……」

麻子は浴槽の縁に手をかけ、健児にお尻を突き出す。

サーモンピンク色の媚肉を自分から開いて、主張してくれた。

白くこびりついているのは母乳ではなく、本気汁。

真澄にまさぐられたお陰か、ひどくぬかるんでいた。

「いくよっ」

健児は迷うことなく、麻子の秘処を貫く。

「ああああんっ！」

挿入と同時に、プシャッと母乳が弾けた。

「麻子姉のおま×こ、吸い付くよっ」

「そ、それはそうよっ！　だってずっとあなたのち×ちんが欲しかったんだから！

真澄の指やおっぱいだけじゃ十分に満足できなかったから……！」

健児は麻子の背中にのしかかるような体勢になると、両手で麻子の美巨乳をむんず
と鷲摑んだ。

まるでゴム風船。中でぐにょぐにょと感じられるものはミルクだろう。

少し力をかけるだけで尖った乳首からプシャッと母乳が弾け、「ぁあんっ！」とい
う麻子のあられもない声が、浴室に反響する。

「麻子姉、まるでメス牛みたいだねっ」

「ああぁっ、い、言わないでぇっ！」

「あら、私たちは今は立派なメス牛よ？」

真澄が健児の背中にぎゅっと抱きつく。

「真澄さん!?」

健児の背中で母乳が弾け、濡れる。

「さあ、健児。腰を動かしてあげてっ。麻子を悦ばせるのよっ」

真澄は健児の腰に手を添えて律動を助けてくれているように見えて、実は早く終わらせようとしているだけだった。

腰の動きが加速すれば、プヂュプヂュッと悩ましい音が弾ける。

「真澄、余計なことしないでぇ！　私はもっとじっくり、健児を感じたいの……！」

「そうです、真澄さんっ。邪魔しないで下さいっ！」

「二人からそう言われちゃうと、もっとイジワルしたくなっちゃうのよねぇっ」

「うう!?」

真澄は健児の左耳を甘噛みしながら、さらにミルクではちきれんばかりになったおっぱいを密着させてくる。

「ま、真澄さんっ！」

健児の腰遣いが激しさを増す。

パンパンパンッ！

「ああんっ！　んん！　はああっ！　ぁああっ！　だ、駄目ぇ！　健児、真澄に負けないでぇっ!!」

腰を打ちつけるたび豊満なお尻が波打ち、さらにミルクが一杯詰まった双乳が前後に大きくぶるんぶるんと重たげに揺れた。

「麻子姉っ！　麻子姉っ！」

健児は思いっきり乳房に指を食い込ませ、搾り上げる。

「イク、イク、イクウウウウウウウウ!!」

麻子は母乳を噴射すると同時に、潮を噴き出させながらたちまち昇り詰めた。

「ふぁっ……け、健児ぃ……んっっっ……」

麻子が前のめりに倒れてしまえば、肉茎がずるりと抜けた。

「麻子姉……。ごめん。本当はもっと……」

しかし健児は半ば無理矢理、真澄に後ろを振り向かさせられた。

「フフ、健児。あなたは頑張った。でも今度は私。ずっと健児が麻子とイチャイチャするのを見せられて羨ましかったんだからっ」

「わ、分かりました。真澄さん」

「私はこう……かしら」

真澄は浴槽の縁に背を預け、健児に向かって恥ずかしげもなく大股を広げた。

「きてっ。初めてした時と同じように、私を満足させるのよ！」

健児は秘裂へ陰茎を密着させる。

（初めてした人と、もう一度こうして……）

「ンンッ！　焦らさないでそのまま挿入してっ」

ズブズブッとペニスを埋めれば、あっという間に子宮を押し上げられた。

「ああぁっ！　健児のゴツゴツち×ぽがくるうう‼」

真澄が悶えると、母乳がピューーッと勢い良く弾けた。

健児は真澄に覆い被さる。

「んちゅっ」

健児が真澄の唇を奪い、自分の胸板で真澄の豊満なふくらみを潰せば、ピュッピュッと熱い母乳がしぶく。

健児は根元までペニスを挿入しながら、胸を鷲摑みにする。

弾けるミルクで、身体がたちまち濡れた。

「あああぁんんっ！　健児、激しくあそこを掻き混ぜてっ！」

腰を前後に動かしながら、健児は真澄と激しい口づけを交わす。

「んちゅ、ちゅぱっ、れろぉっ！　健児、イィッ！　キスをしているだけで頭が蕩けちゃいそう！　やっぱり健児にエッチの才能があるっていう、私の目に狂いはなかったわねっ！」

そこに麻子が脇から顔を出す。

「真澄、すごくいやらしい顔をするのね。いつもお客様の行為は見ないできたから、あれだけど……。ふふ、健児っ」

麻子は正常位で真澄と交わっている健児の身体を起こすと、迷うことなく唇を塞ぐ。

さらに母乳まみれの美巨乳を健児に擦りつけ、真澄の秘芽をまさぐった。

「麻子……はあぁんっ！」

「さあ、真澄。はやくイッて！」

麻子がクリトリスをいじくれば膣肉が収斂して、ペニスを食い締めた。

「麻子姉⁉」

「あ、麻子に邪魔されるのは癪《しゃく》だけど、でもこういうの大好きかもっ！」

真澄は身体を起こして健児に抱きつき、腰をくねらせては肉感的な桃尻を弾ませ、自分からペニスを咥え込んだ。

「真澄さんっ⁉」

健児は慌てて真澄のお尻を抱え、対面立位の格好で積極的に律動を行う。

「そ、そう！　健児、おま×こを突いてッ‼」

健児が腰を動かすたび真澄のおっぱいはぶるんぶるんと激しく弾み、そのたびに母乳が飛び散った。

そんな真澄の背後に麻子が迫る。

「真澄のあそこに健児のち×ちんがブッスリ刺さってるの、すごくいやらしいっ。本気汁まみれだし……」

麻子は真澄の背中におっぱいを密着させながら、背後から真澄のおっぱいを思いっきり搾り上げる。

「ひいいいいいいいンン!!」

母乳が吹き出すと同時に真澄は身悶え、仰け反った。

「健児ぃっ！　もっと私のあそこを穿って！　私を麻子でイかせないで！」

健児はうねうねと蠕動する真澄の膣肉に促され、大きなグラインドを描きながら、真澄の胎内を攪拌する。

「あああっ！　激しいの好きっ！　け、健児のち×ぽ、私、本当に気に入ったわ！　あなたのち×ぽでぐちょぐちょにされるの、病みつきになっちゃうっ!!」

初めての時はただ女王様然としていた真澄が、可愛らしく嗚咽する。

健児の頭にはまだ初めて出会った頃の高飛車な真澄の印象があったから、目の前の真澄とのギャップに愛しさが溢れる。

「真澄さん、もっと気持ち良くするからっ！」

腰を密着させ、真澄の子宮口をゴリゴリと抉る。

「け、健児激し過ぎぃっ！　こ、こんなに健児ってばケダモノだったのぉ!?　あああっ！　やばいっ、やばいっ！」

麻子が微笑む。

「真澄、イきそうなのね。イって。健児の子種を受け取って！」

熱々の肉洞の締め付けと真澄の上擦った息遣いで、もう絶頂間近なことは健児にも分かった。

「真澄さん、僕のち×ぽでイって！」

「け、健児ぃぃぃ……イクッ！　イっちゃうっ！　初めてを奪った子に、すごくイかされて幸せぇぇぇぇっ!!」

子宮口めがけザーメンを注ぎ込むや、真澄は母乳を吹き出しながら絶頂を遂げた。

身も心も健児に染められた真澄は、健児にしなだれかかった。

「あぁ……はあぁっ……私のおま×この中で健児のち×ぽがビクビクってすごく脈打って……下腹に響くぅうっ……」

真澄はほっと大きな息を吐き出して、ぐったりしてしまう。

「真澄さん!?」

「平気。真澄は健児がすごすぎたから、気絶しちゃっただけ」

麻子がやんわりと言う。

「よ、良かった……」

ほっと胸を撫で下ろすと、麻子に右頬を引っ張られる。

「な、何!?」

「もう。私というものがありながら、真澄にすごくご熱心だったじゃない」

「だ、だって、ちゃんと気持ち良くしないとって思って……。真澄さんだって大切なお客様なんだから」

「ふふ。そうね。でも妬《や》いちゃった」

「ごめん、麻子姉……。でも僕は麻子姉のことを……んっ!」

麻子にキスをされると、健児もそれに応《こた》えた。

「さあ、真澄を個室に運ぶのを手伝って。このままじゃ肌がシワシワになっちゃう」

第六章　子宝の湯〜四人の女性たち

「あ……っ」

健児が『百花』へ向かっていると、肩に白い物が落ちる。

雪だ。空を見るとちらちらと雪が空から降ってきていた。

（どうりで寒いわけだ……）

初雪の到来に道行く人たちも空を見上げたり、手の平を空に向けたりして笑っている。こういう寒い日は人肌が恋しくなる。

誰でもいいということではない。

（麻子姉……っ）

健児は初雪の高揚感も手伝って足取りも軽く、職場に到着する。

と、従業員から事務所に行くよう言われた。

健児が事務所の扉を叩いて名乗ると、「入って」と麻子の声。

「麻子姉、今雪が――」

健児は喜び勇んで事務所に入るが、目の前の光景に唖然とした。

そこにいるのは麻子だけではなかったのだ。

「はぁ～い、健児ぃ～」

スカートスーツ姿の鈴木真澄。

「け、健児さん……。お久しぶりです。私のこと覚えてますか？」

初めて健児がちゃんとお客として相手をした主婦の柊真美子。

「健児、久しぶり。あなたが忘れられなくて来ちゃった」

パンツルックなのは、教師の小早川桜。

「……み、皆さん、どうして……？」

そして彼女たちの肩越しに、やれやれという顔でいるのが健児の恋人の清水麻子。

「麻子姉、これは？」

「それは……」

麻子が話そうとするのを、真澄が割って入る。

「私たち、あなたのファンになっちゃったのよ。だから、あなたに相手をして欲しくって……。あなたみたいな魅力的な男性を麻子だけが独り占めにするなんて許さないから」

真澄の言葉に、遠慮がちに真美子がうなずく。

「健児さん。あなたと真澄さんの関係は聞きました……。でも抱いて欲しいんです……っ！　お願いですっ！　寝ても覚めてもあなたのことしか考えられなくって……。あなたのお陰で毎日の生活が幸せなものになって……」

桜も熱っぽい眼差しで訴えてくる。

「私もそうっ。いつも一人でする時には健児のことを考えながらしてるくらいなんだから。ここで拒絶されたら女としての自信を完全に失っちゃうわ」

「どう？」

そう問いかけてくるように、麻子が健児を見つめてくる。その表情からは、決して本意ではないものの、真美子たちの接客を健児に任せると決めたのは自分なのだから仕方ない、という諦めの色が見てとれる。

（みんなが僕のことを必要としてくれてるのなら……）

「わ、分かりました。やらせて下さいっ！」

健児の決断に女性たちが一気に沸《わ》いた。

真澄が麻子を見る。

「温泉は用意してくれているんでしょ？」

「ええ、来て下さい。——でも言っておきますが、健児は絶対に渡しませんからねっ」

「麻子姉……」

「ふふ、面白いじゃない。さあ、みんな、行きましょう」

真澄たちは麻子の後に続いた。

エレベーターに乗り込むと、『R』のボタンを押して屋上へ。

「麻子姉、屋上に何が？」

「行けば分かるわ」

麻子の代わりに真澄が言った。

エレベーターを降りると、そこはいきなり簡単な脱衣所になっていた。

麻子が奥の扉の鍵を開けると、その先は湯気で白く曇っている。

「お風呂!?」

そこにあったのは岩風呂だった。

天井や壁はガラスで覆われていて。まるで植物園。

健児がガラスの曇りを拭《ぬぐ》えば、街の灯《ひ》を見渡せた。周囲にここより高層のビルはないので外部から見られる心配もなさそうだ。

空から、はらはらと落ちる雪もしっかり見られる。

麻子がリモコンを操作するとサンルーフが開いて、湯気がもくもくと空へ昇っていく。本物の露天風呂のようだった。

麻子が健児を見る。

「ここは特別なＶＩＰのお客様専用よ。一年に一度使うかどうかってところ……。ここは特別なお湯ではないけれど、でもここなら楽しめるでしょ？」

「ありがと、麻子姉」

「もう、私たちとエッチするのが楽しみで仕方ないって顔なんだから」

「もちろん楽しみだよ……！」

真澄が笑った。

「そうこなくちゃねっ。そろそろみんなで入りましょう」

「じゃあ、皆さんの服を脱がします……」

そこで真美子が「大丈夫」と言った。

「今日は健児さんのことを私たちが脱がせるから」

驚きながらも麻子を初めとした女性たちに服を脱がされ、あっという間に裸にされてしまう。

恥ずかしくなって股間を両手で隠すが、桜と真美子に両腕を掴まれ、やめさせられてしまった。

桜が健児の唇にキスをする。

「健児の身体すごく引き締まってるんだから。隠さなくてもいいでしょ？　むしろみんなに見せるべき。ふふ……。唇もやっぱり私好み」

桜が胸やお腹、そして下半身——焦らすみたいに股間には触れない——をまさぐってくる。

そのせいで、ペニスがどうしたって反応してしまう。

「さ、桜さんっ。そういうことをするのはまだですっ」

真美子が桜の手を引いて、健児と距離を取らせた。

「ああんっ、真美子、邪魔しないでっ」

そこへ、麻子が言った。

「健児は最初にお風呂に入ってて。私たちもすぐに行くから」

「分かった」

健児は言われた通り、かけ湯をしてからお風呂に入る。

雪はしんしんと降り続け、空気は冷たい。それでも温泉の温もりのお陰で、気分はまるで真冬にこたつに入りながらアイスを食べているみたいに最高。

雪が温泉の湯面に落ちると、すっと溶けていく。

と、湯煙を払って、四人の女性が現れる。

全員一糸まとわぬ姿。

「み、みなさん……っ」

健児は見とれた。

四人が歩くたび、大きく張り出したおっぱいがぷるぷると蠱惑するように揺れる。

（一番大きいのは真澄さんだけど、形がいいのは麻子姉、おっぱいに張りがあるのは桜さんで、真美子さんはとろけるみたいに柔らかい……）

四人が温泉に入ってくると、健児を囲んだ。

「なあに？　私たちのことを値踏みしてるの？」

真澄がニヤニヤする。

「そ、そんなことは……っ！」

麻子が御盆に乗せたお酒をふるまう。

「雪見酒よ。初雪と温泉なんて最高の組み合わせでしょう？」

五人が空を見れば、しんしんと雪が降り続けている。

街中の露天風呂の湯煙が、天高くのぼっていくのは幻想的な光景だった。

日本酒を飲めば、五人の頰がほんのりと赤らんだ。

「健児ぃっ、そろそろするわよっ」

雪の結晶を髪にまばらにつけた真澄が、囁きかけてくる。

「健児。私たち、実は種付けしてもらいに来たの。だからピルだって飲んでないんだからっ。認知とか結婚なんか考えなくてもいいから、思い切り孕ませて！」

「ほ、本当ですか？」

全員を見回すと、麻子たちはうなずく。

桜が左側に来ると、胸を密着させてきた。

真澄も負けじと押しつけてくる。

「あぁ……ま、真澄さん、桜さん……！」

一方、麻子と真美子は二人して離れた場所で、お酒を飲んでいる。

健児の左右に陣取っている真澄と桜は白い肌の中で色づく乳首を、健児の脇腹に押しつけながら健児の首筋に口づけを紡ぐ。

「うう！」

二人の唇は柔らかく、舌はねっとりと絡みつく。

鼓動が高鳴り、ペニスがぐぐっと力強く漲った。

真澄が押しつけた美巨乳がぽよんぽよんと弾んだ。

乳首の硬さが悩ましい。

「健児、ち×ぽを私たちによーく見せて。お湯の中じゃよく分からないから」

真澄に言われて、健児はペニスをお湯の中から露わにした。

「あぁ、やっぱり健児の、すごいわっ」

桜が教師とは思えない悩ましい溜息をついた。

陰茎に二人の指が絡みつく。

「うあっ！」

健児は柔らかな肌の吸い付く感触にゾクゾクしてしまう。

健児が身動ぐたび、温泉に波紋が走った。

真澄が、健児の唇を塞ぐ。

「健児のち×ぽ、すごくいやらしくなったのね。私たちのおっぱいのお陰……っ」

桜が、唇を重ねる真澄を羨ましげに見つめる。

「健児はおっぱい人間なんだ。そう言えば初めての時も、私の胸から目が離せなかったもんね」

「そ、そんなことは……ううう!?」

二人の指先が裏筋をくすぐってくれれば、声が上擦ってしまう。

我慢汁がどろりと滲めば、二人の女性の指先はたちまち我慢汁で濡れた。

「桜さん、僕が気持ち良くしますから」

桜は首を横に振った。

「違うわ。今日は私たちがあなたに奉仕するの。だから、あなたは受け身でいいの。子どもは大人の言うことを聞くものよ」

今度は桜に唇を奪われると舌が絡みついてくる。

「んんっ……健児ぃ……」

熱っぽい息遣いの桜のベロに健児も舌を絡ませれば、チュパチュパといやらしく絡まり合う音が奏でられる。

唾液の交換をしながら、健児は真澄と桜のおっぱいを握りしめる。

真澄は身を捩って喘いだ。

「そ、そうっ！　もっと握りしめてっ。乳首を潰して……あああん！」

桜は嗚咽したが、その程度ではキスをやめない。

「桜ってばいやらしいキスをするのね。生徒とそういうことをしたいとか妄想でもしてるの？」

真澄から指摘されると、桜はモジモジした。

「ん……そ、そんなことはありません。生徒は生徒。だから驚いているの。健児に惹かれて忘れられなくって……。あなたこそどうなの？　女社長がひそかに若い子の腰に跨がるなんて……」

真澄は頭の上でまとめている髪をいじる。

「誰でもいいわけじゃないのよ。健児の反応とかが気に入っちゃって、ね」

「サディスティックですね」

「んー、でもこんな気持ちになるのは、健児が初めてだから。――桜。さあ、ち×ぽをいじりましょ。いつまでも焦らすばっかりじゃ可哀そう」

そっと口づけが離されると、桜はうなずく。

「健児、ちゃんと私たちが可愛がってあげるから」

真澄と桜は二人して我慢汁でねっとりとしている切っ先に、ピチャピチャと舌を這わせてくる。

「健児ぃ……！　あぁ……オスの臭いをこんなにさせちゃうなんて、やらしいんだから。これは私たちがきっちり綺麗にしてあげなくちゃ」

真澄が言えば、桜もくびれに舌を這わせ、舌先で裏筋を優しく刺激してくれれば、腰がビクビクと震えてしまう。

その様子に桜は笑った。

「こうしておしゃぶりしていると、初めてのエッチの時のことを思い出すわ。何度も中出しされてイかされて……。こうしてしゃぶって、いやらしい臭気を嗅いでると、私を変えてくれたち×ぽなんだってウットリしちゃうっ」

真澄と桜は競い合うように亀頭に唇をかぶせ、舌を這わせてくる。

「ふ、二人とも……！」

健児はたまらず腰を動かすが、二人の献身的な唇と舌は密着して離れない。柔らかく温かいざらざらした舌の表面がほどよい甘美を生み出す。

「んぢゅっ……れろっ……我慢汁がすごぉいっ！　ぢゅうるるうっ！」

真澄は唇をカウパーまみれにしながら、夢中で啜った。

桜は棹肉を舐り回しながら睾丸に顔を埋める。

彼女の整った顔が陰毛に埋まったが、彼女は構うことなく玉袋を甘噛みした。

「健児の玉袋、パンパンに膨れてる！　あれだけ私の子宮を熱くさせてくれた子種がここで作られてるのねっ」

真澄に先っぽを、玉袋を桜に刺激されてしまう。

腰をどれだけ動かしても、二人の甲斐甲斐しいフェラチオに惑わされた。

桜は右と左の玉袋を舐り、睾丸を口の中で弄《もてあそ》ぶ。

真澄は長い髪を掻き上げながら、ますます亀頭冠を咥えこむ。

「私がこんなに奉仕することなんてないんだから、感謝しなさいよっ」

玉袋や棹肉を啜っていた桜が微笑む。

「ふふ。真澄さん。そんなこと言ってもあなたがち×ぽに夢中だってことは健児にはお見通しですよ。——ね？」

二人の昂奮で湿り気を帯びた息遣いに思わず、肛門を締める。

しかし射精の気配は桜に刺激されている睾丸から迫《せ》り上がっていた。

「健児、出るのねっ。分かるっ。咽《む》せちゃうくらい濃厚な精液の臭いが……」

「真澄さんっ、独り占めは許さないからっ」

桜は真澄から切っ先を奪還すると、二人して尿道口を舌先でくすぐり、いつ出してもいいと言わんばかりに促してくれる。

「出る！」

思わずびゅるびゅるっと勢い良く精液を弾けさせれば、二人は口や顔で受け止めた。

射精の第一波に、二人の美貌がみるみる汚れていく。

「真澄さん、桜さん、ごめんなさい……っ」

真澄は口の周りをしゃぶる。

「あぁぁ……健児の精液、最高……っ」

桜は自分の指先で子種を弄び、溜息をつく。

「んっ……あつぅぅいっ……。でも健児の精液、やっぱりこれなのぉっ……」

二人はうっとりとした。

健児はそんな真澄たちの肩越しに見える麻子と真美子の姿に、ごくりと生唾を呑み込んだ。

麻子と真美子が、真澄と桜を押しのけるように前に出た。

「麻子姉、真美子さん……さっきから二人の視線、感じてたよ」

麻子は潤んだ瞳で見つめてくる。

「真澄ってば、見せつけてくれちゃって……。健児、まだ出来るわよね？」

「もちろん。——真美子さんもしてくれるんですね」

真美子は一度はあんなにも激しく交わったというのに、初々しいままだ。

「え、ええ……。あなたのことが忘れられない。あなたのお陰で、私は……女として自信を持つことが出来たんです……っ」

真美子が抱きついてくる。

麻子もそれに続く。

二人のマシュマロのようにふわふわした身体が心地いい。

「二人とも、すごくあったかい……」

初雪の日だからこそ、そう強く思った。

真美子が上目遣いに見てくる。

「キスをしてもいい、ですか？」

「もちろんですっ」

真美子が身を乗り出させながら唇を奪ってきた。

胸板に豊満な乳丘が密着し、むにゅっと変形する。

「……んっ……ちゅっ……」

真美子の控え目な口づけが、微笑ましい。

「真美子さんの乳首、カチカチですね」

「い、言わないで下さいぃ……んんっ！」

健児が舌を這わせると、真美子の肩がピクンと震えた。

「んちゅっ、えろっ、れろれろっ、んぢゅ、ちゅぱぁっ……」

真美子は頬を染め、恥じらいながらも舌を絡めたり、唾液の交換に応じてくれる。

ますます胸が押しつけられる。

健児が両方の乳首をくすぐるように捏ねれば、

「ああぁんっ！」

真美子は身悶えて口づけを中断する。

「あっ、い、いやぁっ……。ち、乳首コリコリやめて下さいぃ……ぁあっ、お、お願いです……っ」

呼気を弾ませ、真美子は官能的な顔をする。

(そんな声を出されちゃったら、ますますイジめたくなるよっ)

そこへ視線を感じてそちらを見れば、麻子がじーっと健児を見つめていた。

「あ、麻子姉!?」

「見せつけてくれるじゃないっ」

「そ、そういうつもりじゃ……。真美子さんが悦んでくれるから——んんっ！」

麻子は、健児の唇を問答無用に奪ってきた。

真美子よりも積極的で有無を言わさない蠱惑的な口づけに、健児は追いつくのに必死だった。口の端から唾液の筋が垂れる。

「えろっ……ま、真澄と桜さんの時も真美子さんの時もそうだったけど、健児ってば私を嫉妬させるのがうまいのねっ……レロレロッ！」

麻子は頬を染め、おっぱいをぶるっぶるっと前後に揺らしながら、激しい口づけに没頭する。

時折、乳首が健児の身体と触れあうと、麻子は熱い吐息を漏らした。

「麻子姉。そういうつもりじゃないけど嫉妬してくれると嬉しいよっ」

「もう、この子ったら……」

しかしいつまでも魅惑のキスは続かない。

真美子が、健児の顔の前に、秘処を突きだしてきたのだ。

さらに自分から肉穴を開いてみせ、潤んだ部分を見せつける。

「け、健児さん……な、舐めて下さい」

「真美子さん……！」

「ああっ！」

健児が舌を這わせると、真美子はビクンッと身体を震わせ、クネクネとシナをつくり、喘ぐ。

彼女の柔らかな水まんじゅうみたいなおっぱいが、ぷるぷると揺れる。

彼女の秘芯はびっちょりと濡れそぼち、仄かにしょっぱく、温泉の香りがした。

「真美子さんのあそこ、美味しいです」

「……う、嬉しい……あああぁん！」

真美子が恥じらいを交えながら悦ぶ。

「ねえ健児っ。私のもしゃぶってっ。真美子さんよりもずーっといやらしいわよ？」

麻子の場合はもっと過激で、自分の秘処を指で弄くり回し、糸を引く愛蜜を滲ませながら健児を誘惑する。

「麻子姉っ！」

健児は麻子の秘芯にしゃぶりつく。

「ああっ……イイッ……！　んん、ちょっと健児、落ち着いて。私のあそこは逃げたりなんかしないからっ！」

健児は、麻子の秘芽や膣穴を夢中になって舐り回す。

「ああんっ！　い、一生懸命舐めてくれて嬉しいぃっ！　もっと私のあそこをしゃぶり回してっ！」

真美子も負けじと、健児に呼びかける。

「け、健児さん、私のことも忘れないで下さいっ」

真美子は健児の左手を摑むと、それを火照った膣肉へと導く。

「アアアンンッ！」

ヌチャヌチャと人差し指が、秘処へ埋まった。

真美子の膣肉は熱々で柔らかく、指を包み込んでくれた。

麻子も真美子に対抗する為に右手の指を挿入するよう促す。

左右の手の指先が膣肉に呑み込まれる。

「二人とも、心配しないで！　どっちもちゃんと僕が気持ち良くするからっ！」

健児は指を鉤状《かぎじょう》に折り、前後に動かして二人の蜜洞を攪拌する。

「ぁあ、はあっ……け、健児の指先素敵っ。私の弱い部分を覚えてて、いやらしく掻き混ぜられちゃう！」

麻子が身悶えれば、真美子も健児の左手を両手で包み込んだ。その瞳は艶やかに潤んで、鼻にかかった声を漏らす。

「やっぱりあなたなのっ！　あなたの指先が私を信じられないくらい気持ち良くするの！　んんッ……素敵です、健児さんっ！　健児さん……っ!!」

膣肉でこぼれた愛蜜が泡立ち、二人の膝がカクカクと震える。

「健児ぃっ！　わ、私……もう！」

「ああっ……健児さんっ……っ！」

「二人とも、イって！」

「あああっ、はあああああっ……！」

二人は鼻にかかった嗚咽をし、胸をブルブルと弾ませながら、「イクウウウッ！」と声を合わせながら絶頂を遂げた。

同時にバランスを崩す二人を、健児が慌てて抱きとめる。

「大丈夫っ!?」

紅潮した肢体を汗まみれにした二人がまるでじゃれつくみたいに、健児の身体を抱きしめた。

麻子がそっと健児の右のほっぺにキスをする。

「いい年をした女が指一本でイかされちゃうなんて……恥ずかしいっ」

真美子も左のほっぺに口づけた。

「健児さぁんっ……イかせてくれてありがとうございます。でもまだこっちが硬いま……。ピクピク震えて、かわいい……っ」

真美子は太腿に密着している力強い怒張を見る。

「ちょっと！　真美子！　次は私たちよっ⁉」

そう声を上げたのは真澄。桜もうなずく。

「次は私たち。事前に決めておいたでしょ？」

しかし麻子は構わず健児に抱きつく。

「ごめんね、真澄、桜さん。でもここで健児と離れるなんて嫌……っていうか、無理！　健児だってそう思ってくれてるわよ。ね？」

「え、あ、ぼ、僕は……」

「決まりっ。それじゃこの硬い物を私たちが慰めるわ。ね、真美子さん」

「はいっ」

真美子は勢い込んでうなずくと、健児の肉棒に指を絡みつける。

「真美子さんっ⁉」

「硬くてドクドク脈打ってる……。初めての時もこうでした……」

下品なくらい生唾を呑み込んだ真美子は自分から腰を持ち上げ、ゆっくりとペニスを呑み込もうとするが、

「あ、あれっ？」

ペニスが滑ってしまい、ぬるぬるの秘裂にうまく入らない。

まるで処女のような初々しい仕草に健児は「僕がやりますっ」と真美子の腰を両手でつかむと、促すように一体感を味わう。

ズブズブッ。

亀頭冠がぬぷっと音を立てて挿入されれば、どんどんペニスが深く陥入《かんにゅう》する。

「はあああ！　き、きますぅぅぅぅっ！」

髪に雪をまばらにつけながら、真美子が身悶えた。

彼女のヌルヌルの花肉に男根が根元まで埋まる。

「ふ、深いっ……！」

真美子は仰け反った。

「真美子さんのあそこ、気持ちいいっ」

健児は真美子の胸に顔を埋めながら、腰を突き上げた。

「ひいいいいんっ!?」

真美子が蕩けるような嬌声を上げる。

蜜まみれの秘壺を突き上げながら、健児は真美子を犯す。

パンパンパン！

下半身がお湯の中ということで多少動きにくかったが、真美子が積極的なお陰で、彼女を気持ち良くできそうだった。

「健児さんのあそこイィ!!」

「あそこじゃなくて、ち×ぽ、よ。真美子さん」

真美子の右側にやってきて囁いたのは、桜。

「桜さん、何を仰って……」

さらに左側に真澄。

「真美子。ち×ぽって言って。そうしたら健児も喜ぶからっ」

「二人とも、何を教えているんですかっ!?」

健児は慌てるが、当の真美子はといえば真剣な眼差しで健児を見下ろす。

「健児さんがそれで喜んで下さるなら……。あぁぁっ……ち、ちん……ち×ぽ……!」

瞬間、真美子の膣肉がぎゅっと締まった。

「うう!　真美子さん、今ので昂奮したんですね。僕のを強く締め付けてきましたよ」

「恥ずかしいことを仰らないで……ひぃいん!?」

健児は、真美子の豊満な乳房、その突起を甘嚙みしたのだ。

チュパチュパと吸い付かれれば、真美子は艶めかしく腰をくねらせる。

「ああああんっ！　刺さりますっ！　健児さんのち×ぽが私の深い場所に容赦なく刺さりますっ！」

そこへ健児の背後に人の気配。麻子だ。

「頑張って健児。真美子さんをいやらしく蕩けさせてあげて」

麻子に身体をさすられまさぐられ、さらに劣情が煽られた。

「真美子さんっ！」

容赦なく膣肉を拡張しながら、突き立てる。

彼女の膣肉が痙攣する。

「んーっ、け、健児さん……っ！」

「真美子さんっ、出ますっ。出していいですか？」

「んん……もちろんです！　わ、私にあなたの赤ちゃんを孕ませてくださいぃ！」

「っ!?」

あんなに消極的だった真美子からの爆弾発言に、興奮ともあいまってペニスがびくびくっと戦慄《わなな》くと、一気に射精してしまう。

「ううう!?」

健児は蜜肉に搾り上げられるがままに射精を遂げた。

「ああああああっ！　健児さんの熱いのがきますううっ！　イクウウッッ！　イクゥッ……！」

真美子は派手に昇り詰めてしまう。

「はああ……お腹、健児さんの子種で、い、いっぱいぃ……っ。熱々の精液、びくびく震えるあそこを感じちゃってますぅっ」

ペニスをズルッと抜けば、「あっ！」と真美子が物欲しげに甘い啜り泣きをこぼす。

「ふふ、真美子さんを無事に満足させられていい子ね。きっと妊娠できるはずよ」

「からかわないでよ、麻子姉」

「ごめん。それじゃ、次は私──」

「健児っ！」

麻子を押しのけて飛び込んできたのは、桜。

彼女は健児に向かってお尻を持ち上げて、ぷるぷると挑発的に揺すった。

「健児、次は私を犯してっ。あなたの子種で私を孕ませて」

桜は明けすけに求めてくる。

「桜さんっ」

「ちょっと健児……！」

麻子の言葉も届かず、健児は桜のよく引き締まったお尻を両手でガッチリと握りしめると、精液と真美子の愛液まみれの怒張で秘処を貫く。

「ひいいいいいいいいいんッ!!」

桜は体勢を崩しかけたが、健児が下半身を持ち上げて身体を支える。

「お願い！　健児の逞しいち×ぽが私の中を抉るように突き刺さってるのを感じてるからっ！　こんなおち×ぽから精液をもらったら絶対妊娠できちゃうわねっ！」

「桜さんを孕ませるからっ」

健児はヒップを弾くように、腰を前後に動かす。

「あああああっ！　そ、そうぅっ！　これが欲しかったのっ！　学校で生徒を相手にしている時も、あなたのち×ぽを想像してた！　あなたのち×ぽで喘ぐ自分を妄想して、一人でしてたけど全然満足できなかったの……。あ、あなたがいないと駄目なのよっ！」

「そんなに僕を想ってくれてたなんて……嬉しいです！」

激しい抽送を紡《つむ》げば、桜は上半身をビクンッと仰け反らせる。

「こんなおばさんに想われて迷惑に思わないでねっ。わ、私だってどうしてこんな気持ちになってるのか、自分でも分かってないんだからぁっ！」

腰を弾くたび、桜の乳房がぶるんぶるんと前後に暴れた。

しかし今の健児の目を惹くのは、怒張をずっぷりと呑み込んで、今にも裂けてしまいそうなくらい広がる媚穴のすぐ上方にある、小さなすぼまり。

健児が腰を前後に動かすたび、菊皺が深くなったり浅くなったりしていた。

「桜さんのお尻の穴、綺麗ですね」

「っ！」

後孔への好奇心は予想外だったのだろう。びっくりしたように、桜の膣圧が高まった。

健児は奥歯を噛みしめ、暴発をすんでのところで抑える。

「今、すごく締め付けてきたよ……」

「健児が変なこと言うからでしょ!?」

「変？　綺麗って言っただけだよ。実際腰を動かすと、お尻の穴がヒクヒクして……」

「そこはいじるような場所じゃないのっ！　そこをいじっても妊娠しないからぁっ！」

「でも恥ずかしいとあそこの締まりが強くなるんだね。――桜さんはここを弄ったりするの？」

「するわけないでしょ……ひぃン!?」

健児が人差し指でお尻の辺りを撫でれば、膣肉がぎゅっと緊縮する。

「やっぱりここが気持ちいいんだ」

「違うったらっ！　びっくりして自然と締まっちゃう、ただの生理反応で……。別に気持ち良くなんか……ひぃん！」

肛門にゆっくりと右手の人差し指を挿入する。

逆らう力は強かったが、それでも指に力を入れれば、括約筋《かつやくきん》が次第に緩んでゆっくりと呑み込んでくれる。

(お尻の中ってスベスベしてるんだ……！)

もちろん膣内では無数の柔襞《やわひだ》がペニスに殺到していて、動いてもいないのに今にも搾り出されそうだった。

「や、やめっ……やめてぇっ……」

桜の漏らす声は、とても拒絶しているようには聞こえない。

未知の感覚に戸惑いながら、背徳感に昂奮しているのが手に取るように分かった。

真澄が不敵に微笑んだ。

「健児ってば、お尻の穴にまで興味を持っちゃったの？　ふふ、意外に変態の素質があるんだ」

「違うよ！　桜さんが気持ち良さそうだからっ！」

「そんなことないわっ！　お、お尻なんて……」

桜がいきめば、指とペニスが一気に締め付けられた。

「健児ぃっ！　もう駄目だからぁっ！　許してっ！　これ以上お尻をいじめられ続けたら、本当におかしくなっちゃう……っ！」

髪をほつれさせ、口を半開きにさせ、頬を染めた桜が身悶える。

「桜さん、おかしくなってよっ！」

健児は菊肉をまさぐりながら腰を前後に動かせば、桜が嗚咽する。

「だ、だめっ！　お尻を指でイジられながら腰を動かされちゃうと勘違いしちゃう！　あそこで感じてるはずなのに、お尻の穴で感じちゃってるって身体が錯覚しちゃう……！　そうじゃないのぉっ！　変態になりたくないぃぃ、！　孕ませて欲しいだけなのぉぉ！」

絡まり合っている膣肉からはぐっちょぐっちょと濁った音が弾け、本気汁の飛沫が四散する。

「勘違いしてっ！　お尻でイきながら、妊娠してっ!!」

「ンンンンンッ!!」

桜の胎内深くまで埋めているペニスが膨張する。

「健児ぃ……い、一緒にイって！」

桜は半ばべそをかく。

「出ます……っ！」

桜の子宮口めがけ健児はマグマを注ぎ込んだ。

「ひうううううッ！　イクッ！　イっちゃうッ！　イっちゃうぅぅぅぅッ!!　お尻とあそこで同時にイっちゃうぅぅぅぅ!!」

桜はセミロングの髪を振り乱しながら、背骨が折れてしまいそうなくらい背筋を弓反らせた。

括約筋に締め付けられ、指が鬱血してしまいそう。

それでも苦労して指とペニスを抜けば、桜は「ふぁ……っ」と息をこぼし、浴槽の縁に寄りかかってぐったりする。

「桜さん、ごめんなさい。ちょっとやり過ぎちゃいました」

「い、いいのぉ……。だって、すごくたくさん健児が赤ちゃんの素《もと》をくれたんだからあ。あぁ、こんなに濃厚なお汁、ぜったい妊娠しちゃう……っ。お尻も疼きっぱなしい……っ」

と、健児は無理矢理後ろを振り向かされたかと思うと、真澄に唇を奪われた。

「んんっ!?」

激しい舌と唾液の交わりに、放ったばかりの健児のペニスがビクビクと震えて反応してしまう。

「健児、桜はもうグロッキーよ。あなたが最高なプレイをしてあげたお陰だと思うから、自信を持ちなさい」

「は、はい！」

「それじゃ次は私ね」

真澄は健児の目の前で大股を開き、ひくひくしている秘裂をさらす。

「健児、次は私を妊娠させるのよっ」

「真澄さんっ!?」

「健児、まさか真美子と桜に中出ししておいて私にはしない、なんてことないわよね？」

「わ、分かりました！」

真澄にのしかかると、ビクビクとしなる怒張を割れ目に押し当てる。

「あぁっ！　健児のち×ぽの震え、すごく感じちゃうッ！」

真澄は柳眉をたわめ、荒い呼気をこぼす。

「さあ、そのままきてっ」

真澄にけしかけられてペニスをズブズブと埋めれば、ぎゅっと抱きしめられた。

「ああああんっ！　こ、これっ！　これが欲しかったのっ！　健児もそうよね？　私のおま×こが真美子や桜よりいいわよねっ！」

「ううう！　どっちがいいかなんて、分かりません！」

すると、真澄の両足が腰に回されぎゅっと締め付けられれば、動けなくなってしまう。

「真澄さん!?」

「正直なことを言うまで動くことは許さないわ」

真澄は女王様ぶりを全開にした。動かない間も強烈な膣圧で締め付けてくる。

「うぁあっ！　ま、真澄さんっ！　やめて下さいっ！　つ、辛いです……っ！」

「だったら言いなさいっ。正直に、よ？　ほうら、私のおま×こが一番なんでしょっ？」

疼きに苛《さいな》まれて辛かったが、順位付けするのは真美子や桜に対して失礼だ。

しかし柔肉でむしゃぶられ、ペニスに快感電流が走れば、性感は否応なく高めさせられてしまう。

「無理な要求を飲む必要はないわよ、健児」

麻子が、健児の背中に身体を密着させてくる。

丸い乳房が変形しながら密着するのが背中全体に伝われば、ペニスが震える。

「ひいいん！　なに、麻子でち×ぽを反応させてるわけ!?」

真澄の顔に陶酔の色が過ぎった。

「麻子、邪魔しないでっ！　今は私と健児の時間なのよ!?」

「そうはいかないわ。私がどれだけ健児のことを待ってたことか……。真美子さんや桜さんの時はともかく、真澄にいじめられているのを無視できないっ」

「ざ、残念ね、麻子。今の健児のち×ぽは私のものなのっ」

真澄は腰をくねくねと揺すり、ペニスを食い締める。

「真澄さん!?　そんなにきつく搾られたら……！」

「健児が麻子のおっぱいで鼻の下を伸ばしてるのが悪いのよっ！」

「の、伸ばしてないよ!?」

麻子はむっとした。

「あら、恋人に鼻を伸ばさないわけ？」

「そ、そうじゃなくって……」

「そうよね。健児にエッチを教えてあげた私のおち×こがいいわよねっ」

真澄は健児の唇を塞ぐ。

荒々しくも感じる舌遣いに健児が応じると、膣穴の締まりが強まった。

真澄は目元を赤らめ、舌っ足らずに喘ぐ。

「健児っ……ンチュッ……感じてくれてうれしいわっ……ぁあんっ……ち×ぽをビクビクさせて、今にも爆発しちゃいそうじゃないっ」

真澄はただ締め付けるだけではない。

密着してきて美巨乳の硬く尖った乳首で胸板をくすぐりつつ、腰をくねらせては、ペニスとヒダの当たり具合を変える。

ニチャヂュニィッ。ヌチュズヂュッ。

粘りつくような淫らな音が、交わった部分から弾ける。

「んッ……健児のち×ぽ、最高だわッ。初めて味わった時よりもずっとよくなって、魅力的なオスになってるぅっ」

健児を一方的に翻弄する余裕を見せる真澄。しかし健児は気付いていた。

さっきから膣肉がひくひくと引き攣っている。

「真澄さん、イきそうなんだ」

「えっ」

真澄は驚いた顔をすれば、膣圧が分かりやすく締め付けをきつくした。

「だってこんなにギュウギュウ締め付けてくるんだから分かるよ。今まで真澄さんとエッチしてきたんだからっ」

健児は腰を叩きつけた。

「ああああんっ！」

真澄は自分が蕩けていることを指摘されて動揺したのか、それまで締め付けていた両足の力が弛《ゆる》んだ。

真澄は健児の首筋に顔を押しつけ、

「ああっ、も、もうっ……私が初めてを奪ってあげたのに、ずいぶんナマイキになったじゃないっ」

と反発しながらも、その声は明らかに上擦っている。

どれだけ強気な発言をしていても、秘所の戦慄きまでは隠しきれない。

「ううう！　真澄さんっ！」

健児はがむしゃらに腰を前後に動かす。

パンパンパンパンパン……ッ！

「はあぁっ、はああっ、んんっ、ひぃぃっ、あぁぁっ、健児ぃぃぃぃっ！　は、激しいっ！　グチュグチュかき混ぜるのらめえええっっ!!」

繋がった部分が溢れた本気汁でべちょべちょに濡れそぼつ。

「真澄さん！　僕の精液を受け取って！」

「に、妊娠させてっ！　け、健児、けんじぃぃぃっ!!」

「イクッ！　イくぅっ……ッ!!」

ビュルルルッと勢いよく子宮口めがけ樹液を注ぎ込めば、真澄は全身にじっとりと汗をかきながら、ますます強く抱きついてくれた。

蕩けた膣肉が痙攣して、イき続けるのを生々しく実感する。

「あぁぁ……すごい濃いので……お腹いっぱいにされたらぁ、火傷しちゃう……っ」

全身をヒクヒクと小刻みに痙攣させた真澄が滑り落ちそうになるのを、健児が支えた。

「真澄さん、大丈夫!?」

「え、ええ……。初めてを奪った子に種付けされて……はぁっ、ああっ……すごい幸せぇ……っ」

「――真澄。いつまで健児のち×ちんを咥え込んでいるのっ？」

「麻子姉っ！」

「健児、これ以上待たせないで……っ」

健児は真澄の膣内からペニスを抜く。

「ぁああん……っ」

真澄は浴槽の縁に、ぐったりと突っ伏す。

麻子は濡れた瞳で、健児を見つめる。

「健児……。彼女を待たせて、他の女性にばっかり種付けするなんて……」

「麻子姉を忘れてたわけじゃないよ」

「だったら来てっ。私にも種付けをうんとしてっ！」

麻子は仰向けの格好で、割れ目を右手で開いて誇示する。

「麻子姉、いくよっ」

まだ頑健さを失わぬ反り返った逸物で、麻子の秘芯を一息で貫く。

「ああぁっ！　そ、そうっ！　深くまできてっ！」

子宮を押し上げれば麻子がぎゅっと抱きついてきて、その濡れた眼差しが何を求めているのかはすぐに分かり、唇を奪う。

「んんんーっ」

麻子は鼻にかかった声を漏らし、クネクネと身を捩った。

「んちゅっ、れろぉっ、ぢゅるうっ、健児、あぁっ、ツバ交換してるだけで蕩けちゃうっ！」

麻子は派手によがれば、膣圧も高まった。

健児は麻子とのいやらしい唾液交換に劣情の高まりを感じながら腰を前後に動かせば、ぢゅぶっぢゅぶっと淫らな音が弾ける。

「あああああんっ！

「麻子姉のあそこのヒダがすごく絡みつく！」

「そ、それ、私の身体が発情してる証だからぁっ！　健児のち×ちんにかき混ぜられて、気持ち良くならないわけがないものぉっ！　ンンンッ……こ、このまま種付けしてくれたら絶対に孕めるわっ！」

健児は麻子の秘処を掻き混ぜながら、さらに陰核をまさぐった。

「ひいいいいいいいいんっ!!」

麻子は涙の粒を目の端に浮かべ、身悶える。

「んんん！　け、健児ぃっ！　そんな一度にやるなんて欲張りすぎぃっ！　激しすぎて狂っちゃうッ！」

「麻子姉が気持ち良くなってくれる顔を見たいからっ！」

健児はますます腰を動かし、麻子の弱い部分を責め立てる。

「んんんんーっ！　だ、だめっ……あああっ、そんなに突き刺されちゃったらぁっ……すぐに恥をかいちゃう！」

健児はラブジュースの温もりを感じながら、下りてきている子宮口をズンズンと突き上げた。

「あああああんっ！」

「すごいね。子宮が下がってきて、僕の精液をおねだりしてきてるよっ」

「あぁ、け、健児ぃっ……んんっ！　そ、そうよ。だって一体どれくらいあなたが他の人を孕ませてるのを見てきたと思ってるの？　子宮がキュンキュン震えっぱなしだったんだからぁっ！」

麻子の膣肉が切なげに戦慄く。限界が近いのだ。

「麻子姉、イきそうなんだねっ」

「あああ、イクッ！　イっちゃうのぉッ！」

「僕もイくから！　一緒にぃっ！」

「イくううううっ!!」

麻子がむせび泣きながら極まると同時に、健児も果てた。

ビュルルウッ！　ビュルルッ！

「熱いのが勢いよく出てるぅっ！　あぁぁ……全部、子宮で受け止めるからぁっ……！」

麻子はビクビクッと全身を痙攣させる。

膣穴も尿道に残っている分まで絞りだそうというかのようにきつく搾ってきた。

「……熱々の生ミルク、きてるぅっ」

麻子が下腹をさすりながらうっとりしている。

「まだだよ」

「えっ？」

「まだするよっ。だって麻子姉を待たせちゃったんだから！」

「え、嘘……ぁああんっ!?」

健児は不意に体位を変えた。

麻子を抱きかかえたかと思えば、麻子に大股を広げさせた上で自分の膝に乗せる背面座位の体勢で爛熟した媚肉を再びペニスで貫く。

「ダメダメェッ！　イクゥウウゥッ!!」

まだ絶頂の熱気さめやらぬ中での再挿入に、麻子は呆気なく昇り詰めてしまう。

たぷぅたぷぅっと揺れる胸を握りしめながら、健児は腰で麻子のお尻を叩くように抽送を織りなす。

「イき続けてるのに動いちゃらめぇっ！」

麻子は髪の毛を振り乱し、上擦った声でよがる。

「一発だけじゃないっ！　何度でも麻子姉に種付けするからっ！」

発情したオスの力強さに、麻子は圧倒され、身も心も蕩けた。

自重ともあいまって子宮が揺さぶられ、柔肉を抉られる。

麻子の身体が衝撃で上下に跳ね、豊満な双丘がたぷたぷっと上下に弾んだ。

「ひぁあああ！　つ、突き殺されちゃうっ！　これダメェッ！　あああっ、健児の逞しいち×ちんが近すぎるぅっ！」

「でもこれが一番深い場所にまで達することのできる体位だからっ！」

なおさら媚肉を激しい杭打ちにさらす。

「だめぇぇっ！　そ、そんなにかき混ぜられたら、さっき出してもらった精液がこぼれちゃうぅっ！」

「だったら何度でも中出しするよっ！」

健児のまっすぐすぎる決意に裏打ちされた快感に、麻子は泣きじゃくる。

肉悦に溺れ、頭の中が真っ白になってしまう。

「あああぁっ！　も、もうだめぇ……っ！」

カリで掻き出された愛蜜が泡立ちながら交わっている部分から溢れ、本気汁がねっとりと糸を引く。

麻子の大きく広げられた両足がびくびくと震え、足の指が丸まった。

「け、健児っ！　ごめんなさいぃ……もうぅぅ……!!」

蕩ける秘壷との摩擦快感で、健児もまた限界を迎えた。

膣内に栓をするようにペニスが膨張する。

「麻子姉、もう一度出すよっ！」

「健児、出してっ！　孕ませてぇっ！　ひぃぃぃぃぃんっ!!」

「ううううう!!」

力強く射精を遂げる。

「イクッ、イクゥッ……イクウウウッ！」

麻子は悩ましい声を上げながら全身を痙攣させ、湯面めがけてプチャッと潮を吹けば、がっくりと全身を脱力させた。

「はあぁぁっ……も、もう……駄目……っ」

健児もまた力尽きて、麻子の身体を抱きしめながら背中にもたれかかった。

挿入しっぱなしの秘壺が、ビクッビクッと小刻みに痙攣している。

「麻子姉、大丈夫？」

「だ、大丈夫……っ。幸せよっ。だ、だって私が受精させて欲しいって望んだことなんだから……っ。実際、健児はとっても深い場所にまで子種をくれたから。それも、二度も……。もう妊娠間違いなし、ね……」

麻子は気怠げに微笑んだ。

と、そこに絶頂の波から回復した女性たちが、健児に身を寄せる。

「健児さん……。な、中に出してくださってありがとうございます……」

モジモジしながら真美子が呟くと、そっと健児の唇に口づけをする。

「ま、真美子さん」

「健児。私の感謝の証よ。キスを受け取って」

顎を摑まれて振り向かされるとそこにいたのは、桜。

ただのキスではない。激しいディープキス。

キスを終えると、唾液の糸がかかった。

「んちゅぅ……っ。健児、あなたは本当に最高のオスよ」

思わず健児が頰を緩めると、がしっと左肩を摑まれる。

「けんじー。もう。中出ししたら私に関心がなくなっちゃうとか、すっかりヤリチン男になっちゃってるじゃない」

「そ、そんなことありませんよ。女性を教えてくれた真澄さんには感謝して……んんっ!?」

真澄は挑発的な口づけをしてくる。

息をするのも大変になりそうだったが、それはとても心地いいものだった。

「……ふふ。本当にいい男になったわね。——麻子。見る目があるわよ」

振り返った麻子も、健児の唇を塞ぐ。

「あ、麻子姉」

「健児ってば、私を嫉妬させて楽しいワケ?」

「ご、ごめん」

「もう優しすぎる彼氏を持つのも大変、ね」

四人の女性が健児に身を寄せ合う。

人の温もりは、温泉に負けないくらい心地いいもの。

雪がしんしんといつまでも降り続いていた。

エピローグ

健児たちが『百花』から出ると、外灯の明かりを受けて雪がぼうっと青白い光を帯びている。月は出てなかったけれど、とても明るく感じられた。

真っ白くなった息が空へ舞い上がった。明日には一面銀世界になっているはずだ。

「はぁ。最高だわ。今も健児の精液で身体が熱い……っ。健児、次もお願いねっ」

「真澄、次って何よ、次って！　こんなことはもう……」

「あら。それは麻子の考えでしょ？　──真美子はそれでいいわけ？」

真澄が不意に真美子に話を振れば、彼女は上目遣いで健児をちらっと見る。

「……あ、あの……麻子さん！　健児さんは麻子さんの彼氏かもしれませんが、今後ともよろしくお願いします……！」

真美子は深々と頭を下げる。彼女の思い切った発言に、麻子は二の句が継げない。

さらに桜も一緒になって頭を下げた。

「麻子さん！　健児を奪おうなんて思いませんっ！　でも今の私は健児なしでは生きていけないんですっ！　お願いします！」

真澄が不敵に微笑み、麻子を見る。

「で、どうする？」

麻子は健児を見る。

「健児はどうしたいの？」

「僕は、皆さんに望まれるのなら……うわっ!?」

真澄に抱きつかれる。

「よく言ったわっ！　ふふ、あなたはやっぱり最高！　嫉妬深いカノジョとは大違いねっ！」

「分かりましたから真澄さん、抱きつかないで下さいぃ……！」

しかし麻子や真美子、桜がさらに健児を独占しようというかのように、どんどん抱きつかれてしまう。

（みんなに満足してもらうために頑張らないと……！）

健児は決意を胸に秘めるのだった。


（了）

※本作品はフィクションです。作品内に登場する
団体、人物、地域等は実在のものとは関係ありません。

汁《つゆ》だくスーパー銭湯《せんとう》
〈書き下ろし長編官能小説〉
2021年2月22日初版第一刷発行

著者……………………………………… 上原 稜

デザイン………………………………小林厚二

発行人…………………………………後藤明信
発行所…………………………株式会社竹書房
〒102-0072 東京都千代田区飯田橋2－7－3
電 話：03-3264-1576（代表）
03-3234-6301（編集）
竹書房ホームページ http://www.takeshobo.co.jp
印刷所……………………中央精版印刷株式会社

定価はカバーに表示してあります。
乱丁・落丁の場合は当社までお問い合わせください。
ISBN978-4-8019-2551-9 C0193